21
twenty one

小路幸也

幻冬舎

21
twenty one

目次

装幀　平川彰（幻冬舎デザイン室）
装画　奥原しんこ

〈twenty one〉

名簿及び近況及びお知らせ及びその他

2005. 6

【糸井　凌一】（1980年7月23日生）　元・バスケ部部長　独身　静岡医大生

【伊東　竜二】（1980年12月24日生）　元・部活無し　独身　〈フライダン〉

【岩村　民雄】（1980年6月16日生）　元・サッカー部　既婚　早田病院

【小原　隆史】（1980年4月11日生）　元・写真部部長　独身　北路新聞社

【川田　　翔】（1980年12月3日生）　元・バスケ部　独身　城下小学校

【徳野　幸平】（1980年4月9日生）　元・サッカー部　既婚　アサヌマスポーツ

【中村　尚人】（1980年7月6日生）　元・美術部　独身　居笠建設

【林田　金吾】（1980年9月5日生）　元・軽音楽部部長　独身　アビアントホテル

【半沢　　晶】（1981年2月22日生）　元・軽音楽部　独身　カフェ・ビーゴ

【松元　俊和】（1980年10月30日生）　元・野球部部長　既婚　松元金物店

【宮永　恭介】（1980年6月20日生）　元・委員長　独身　東邦広告

【加藤　美菜】（1980年6月19日生）　元・軽音楽部　独身　家事手伝い

【神原　留美】（1980年6月1日生）　元・テニス部　主婦　（松元留美）

【品川　　愛】（1980年7月30日生）　元・テニス部　独身　ひまわり幼稚園

【鈴木　比呂】（1980年11月6日生）　元・テニス部　既婚　ABK（西比呂）

【中嶋　祐子】（1980年5月31日生）　元・テニス部部長　主婦　（岩村祐子）

【仁木絵里香】（1980年9月15日生）　元・副委員長　独身　イラストレーター

【西川　佳恵】（1980年10月22日生）　元・美術部部長　独身　路野食品

【保谷　博美】（1980年8月27日生）　元・美術部　主婦　（青木博美）

【満田　佐衣】（1980年11月2日生）　元・写真部　独身　コーヒー茶房　庵

【三波　　遥】（1980年8月7日生）　元・図書委員　独身　現塔社

6月6日　○もうすぐ岩さんの長女多美ちゃんの誕生日ですよー。（キンゴ）
6月8日　○〈フライダン〉がそろそろ休養から復活するってさ。（晶）
○絵里香のイラストがテレビ東邦のキャラクターに採用！　すげぇ！（晶）
6月9日　○愛の幼稚園の前を通った。愛のエプロン姿かわいいーー！（晶）
6月10日　○胃炎です。休みたい。でも休めない。（翔）
6月12日　○ヒロが「たまには服を買って！」と言ってました（だって高いよ）。（サイ）
6月16日　○キンゴ。その髪形は似合わないぞ！　写真撮ったから欲しい人はメール！（晶）
6月18日　○松元金物店では現在アルバイトを募集中。僕でいいかな？（^_^;）（晶）
○ねぇ！　佐衣が結婚ってガセネタ？（留美）
6月19日　○ガセネタだよー。（サイ）
6月20日　○先生の結婚式はハワイで来月1日。呼べなくてゴメンと言ってたそうだ。（晶）
6月25日　○こないだ遥があの作家さんと打ち合わせしているの見たー。（晶）
6月27日　○宮永くん、こないだモデルの撮影現場で発見！（比呂）
6月29日　○佐衣のところの新作ケーキ美味しいいいい。（ミーナ）
7月2日　○なんだってんだよ……。（タカシ）
7月3日　○話したいことある。通夜で。（キンゴ）
○私もある。（ミーナ）

二〇〇五年七月一日　午後九時　糸井凌一

たとえば、ふと時計を見ると、午後四時四十四分だったり。

そういう偶然と言うか、なんて言えばいいかわからないものが僕には多く降りかかるんだ。なんの害もないけれど、やっぱりそれは何かがあるんだろうか、と思ってしまう。

欲しかった映画のＤＶＤを中古屋で買ったらその翌日にテレビで放映されたり。病院の待合室で隣に座った女性が同じ携帯を持っていて、しかも同じストラップをしていたり。銀行の整理券の番号がほとんどいつも誕生日の数字の七か二十三のどっちかだったり。

そういうことが、たくさんあるんだ。

だから、その電話が掛かってきたのが、パソコンの画面にちょうど僕らのサイトである〈twenty one〉のトップページが表示されて、しかもちょうど午後九時、二十一時になる瞬間だったのも、そうだったんだろう。

そして僕は岩《いわ》さんから聞かされた言葉をまるでドラマの台詞《せりふ》を喋《しゃべ》るようにして、そのままリピートしてしまったんだ。

「晶が、死んだ？」

僕たちのことを。

今電話してきた岩さんや死んだと聞かされた晶とのことを説明するのに、多くの言葉はいらない。

「中学のときの同級生」と言えば、誰もがそれで「ふーん」と納得してくれるし、それ以上の興味も湧かないと思う。たとえば僕が大学の研究室の仲間と外にいて、ばったり遥と出会ったときに、僕はそう言うだろう。そして研究室の仲間も中学の同級生と付き合ってるのか、と、愛想笑いと会釈ぐらいは返すだろう。

僕と遥は互いに顔を見合わせる。そこに、特別な思いが広がる。

(同級生だけど、ただの同級生じゃないよね)

そういう暗黙の了解が、僕たちを包み込む。それは、間違いなく二十一人の同級生全員に共通の思いなんだ。

僕たちは、〈21〉というもので繋《つな》がれた仲間。

僕らがクラスメイトとして過ごし、毎日毎日通った棒《はしばみ》中学校は、統合されてしまって今はもうない。その地域の子供たちは新しい中学校で日々を過ごし、三年間慣れ親しんだ校舎は地域活性化のための施設として生まれ変わっている。

少子化とかドーナツ化現象とか、いろいろ原因はあるんだろうけど、僕らの学年は一クラスしかなかった。それが、二十一人のクラスだった。男子は十一名、女子は十名。今でも全員を順番にそらで言える。

リュウジ、岩さん、タカシ、翔、コウヘイ、尚人、キンゴ、晶、まっちゃん、宮永、ミーナ、神原さん、愛、比呂、中嶋さん、絵里香、西川さん、保谷さん、佐衣、遥。

入学式の日、担任だった韮山《にらやま》先生がいちばん最初に言った言葉は忘れない。

「この二十一人が、今日から卒業までの仲間です。そして、偶然発見しちゃったんだけど、なんと二十一世紀に、二十一歳になる仲間なんですよ」

そう、たとえば出席番号一番の僕、糸井凌一は一九八〇年七月二十三日生まれだ。

二〇〇一年、二十一世紀が始まった年に二十一歳になった。当然他の皆も同じように。

なんでもない、他愛もない、ただの偶然だ。でも、その偶然が重なってこの教室に集まった仲間が二十一人いる。その事実が、まだ中学生だった僕らにある種の連帯感をもたらしたのは事実だったんだ。

二十一世紀に、二十一歳になる、二十一人。

僕らは、21・21・21。〈twenty one〉だ。

「どうして」

息が止まりそうだった。ようやく声を絞り出すようにして訊《き》くと、岩さんは少しの沈黙の後に言った。

(自殺だ)

それから少し声を落として、首吊り自殺だってよ、と続けた。きっと岩さんが電話をしている向こうには中嶋さんが、今では岩村祐子になった中嶋さんがいるんだろう。この電話で交わされている会話に耳を傾けているんだろうか。ひょっとしたら、隣の部屋で眠る二人の子供の脇で添い寝しているのかもしれない。

同級生同士で結婚したのは岩さんたちと、もう一組居る。まっちゃんと神原さんだ。そんな統計を取っている人はいないだろうけど、ほぼ十組の男女がいた中学の同級生の中で二組が結婚した。今現在恋人同士と言っていいのも二、三組いる。これも、僕らの結びつきの強さを示すものなんじゃないかと思う。

中学を卒業して十年。二十一世紀になって四年が過ぎて、僕たちも二十五歳の大人になっている。でも、二十五歳なんてまだまだガキだと思う。バラ色かどうかは別にして、まだ未来があるさ、と口にしてもギリギリ許されるぐらいガキだ。

それなのに、自殺?

(メモ、いいか? 大丈夫か?)

「あ、うん」

通夜と葬式の日時と場所を知らされて、それを僕は書いていた。それだけならなんていうことはなかったのだけど、最後に晶の名前を書いたときに、僕は思わずボールペンを投げ捨てるようにしてしまった。軽いショックが、指先から頭の先まで走ったんだ。

晶の葬式。それを今、メモしている。

(まぁ、状況とかさ、詳しいことは電話じゃなんだ。会ったときによ)

「そう、だね」

(〈21〉の掲示板に書こうかとも思ったんだけどよ。こういうのを書き込むのは、ちょっと、あれだよな。連絡網だけで廻《まわ》した方がいいと思ったからよ)

出席番号一番だった僕。連絡網も僕がいちばん最初だ。

まさかよ、と言ってから、溜息《ためいき》をついて岩さんは続けた。

(こんなことで、連絡廻すなんてな)

同級生の死。あの、晶が死んだ。

「うん」

他に何と言っていいかわからなくて、相づちだけ打った。まだ信じられない。実感がない。書いた瞬間にショックが走ったメモは、改めて眺めるとメモ以外の何物でもなく、そこから実感は得られなかった。それはきっと岩さんも同じはずだ。そしてこれから連絡を廻す仲間もそう思うに違いない。

(あさって、通夜来られそうか?)

「行くよ」

実感はないのに、そういう決まり事を普通に受け入れている。二十五にもなれば通夜や葬式の二つ三つは経験しているから。さっきから机の上のカレンダーを見ながら考えていた。今日は七月一日の金曜日。あさっては日曜日。当然大学も休みだから、何の問題もない。明日からだって行ける。そう言うと、岩さんはじゃあ明日来て家に泊まれよ、と言った。

(ホテル使うこともないだろ。話したいこともあるからよ)

僕の実家はもうあの町にはない。そうするよ、頼むね、と答えて電話を切った。

顔を上げたときに、机の上のそれが見えた。革の小袋。もうくたくたになっている革の小袋の中の、それを取り出した。直径二センチぐらいの水晶の板。小さく〈1〉という数字が不格好に彫ってある。僕の出席番号。

晶は、これと同じものを、番号が〈9〉のものを持っている。それは今、どこにあるんだろう。卒業式のとき革の小袋と一緒に韮山先生が一人一人に配ってくれた卒業祝い。お祖父《じい》さんに貰《もら》ったという大きな水晶をカットしてもらって、自分で番号を彫ったと先生は言っていた。

二十一人全員が持っている、仲間の証し。

きっと一生持ち続けているんだと思っている。でも、もう晶が自分の水晶を手に取ることはない。溜息をついてからさっき閉じたばかりの携帯電話を取り上げた。連絡網二番目の伊東竜二は携帯しか持っていない。今、何をしているだろう。

ミュージシャンのリュウジ。

晶が死んだなんて聞いて、あいつは大丈夫だろうか。同じ道を歩む者として、今もいちばん晶に近かったのは、リュウジのはずだ。

七回コールして、〈ただいま電話に出ることができません〉という音声案内に切り替わった。どこにいるんだろう。あいつが出られないってことはスタジオかなんかだろうか、この間会ったのはいつだったろう。二、三ヶ月前だったかな。

晶に会ったのは、いつだったろう。

あの頃と変わらない、驚くぐらいのきれいな顔を最後に見たのは。


小学校からの仲間は半分ぐらいだった。同じ数ぐらいの見知らぬ顔が、他の小学校からやってきて、晶もその一人だった。

晶を初めて見た人は、顔に出なくても例外なく少し驚くんだ。なんてきれいな顔をした男の子だろうって。僕もそうだった。

だぶだぶの制服を着て、ちょうど教室の真ん中の席で少しだけ緊張した表情で座っていた。ただそれだけで、晶はスポットライトが当たっているみたいに目立っていた。ひょっとしたらあれは〈美少年〉というテーマで、日本で最高のアーティストが作り上げた人形なんじゃないかと思うぐらいの佇《たたず》まい。それでも、それは近寄り難《がた》いとかいうようなものじゃなくて、小学校からの仲間と話しながら笑う晶の笑顔は、人懐っこくて可愛い小犬みたいだった。

最初に晶と交わした会話は、今も覚えているんだ。

「大丈夫？」

「そっちは？」

そういう、会話。入学式の次の日。最初の授業が行われた日。前から五番目の席の、通路を挟んで隣に晶が座っていた。もうすぐ一時間目が始まるという時間。ざわざわと教室中に軽い緊張から来る高揚感みたいなものが漂っていた。そしてそれが、パンッ！　という小さな爆発音にも似た、何かが砕ける音で凍りついて、次の瞬間には僕の頭の上に、そして晶の頭の上に、もっと言えば僕と晶を中心にした七、八名の頭の上に何かが降り注いできたんだ。

蛍光灯が割れて、その欠片《かけら》だった。

犯人は、コウヘイ。何がどうなったのか、下敷きがフリスビーのように飛んでいって蛍光灯を直撃したんだ。僕と晶、そしてキンゴとまっちゃんと愛と遥、佐衣の七人が保健室に連れていかれて、髪の毛に紛れ込んだ破片をひとつひとつピンセットで取り合った。誰かが、まるで猿のノミ取りじゃんって言って皆が笑った。

「何考えてんだろうな」

「佳恵の下敷きをいたずらしてたの。それが、なんか飛んでって」

遥と僕はそういう会話をしていた。目に見える破片が取り除かれると、保健の会田《あいだ》先生は男女別でカーテンで仕切って、服を脱いで破片がないかを確かめて、ついでに服をよくはらうように指示した。それから、体育館に行ってシャワーを浴びて、髪の毛が濡れたままの僕ら七人が教室に戻ると、コウヘイは飛び上がるようにして席から立って文字通り机の上に飛び乗って正座して土下座した。

「ゴメン！　本当に悪かった！」

皆が爆笑して、授業をしていた数学の星野先生も苦笑いするしかなかった。この事件は今も語り草になっていて、コウヘイは皆に会う度《たび》に言われている。

そういうことも、初日のそういう事件も、僕らを強く結びつけていった。


連絡網三番目は岩さんだから飛ばして、四番目はタカシだ。でも、僕は少しためらった後に、宮永の番号を探した。こうやってもし皆が留守でどんどん次に電話を廻さなきゃならないとしたら、何度も、何度も晶が死んだという言葉を頭に思い浮かべなきゃならないとしたら。想像するとひどく辛《つら》くなってきた。そういうとき、僕は宮永にバトンを渡すんだ。あの頃からずっと、今も。ズルいとは思うけど。

（はい、宮永）

「糸井だけど」

（久しぶりだな）

電話の向こうにざわめきがあるのがわかる。まだ会社にいるんだろうか。

「仕事中？」

（そう。さっき晩飯を食って会社に戻ってきたばかり）

東京で、大手の広告会社の制作部でディレクターというものをしている宮永は、忙しい。入社して三年。やっと責任のある仕事を任されるようになって、本人も嬉々として仕事をしている。この間、初めてチーフとして仕事をしたコマーシャルがすごく話題になっていたっけ。

（声が暗いぞ）

「うん」

（なんかあったのか）

宮永は、たったこれだけの会話で僕の様子を察してくれる。あったんだ、と答えた。僕も宮永のことはよくわかるつもりだ。

僕と宮永はあの頃から多くのお互いの秘密を共有してきた。他の誰にも言えない、言ったからってどうかなるものでもないんだけど、たぶん一生言わない秘密を。

たとえば、ずっと恋人同士だと思われている宮永と絵里香が、どうして未《いま》だに本物の恋人同士になれずにいるのか。

たとえば、僕と遥の間にずっと横たわっていた、上手《うま》く表現できない感情の原因はなんなのか。

たとえば、誰に対しても不敵で不遜《ふそん》な態度を取るリュウジが、宮永にだけ柔順なのはどうしてなのか。

そういう、秘密。

(何があった。聞いてやるから言ってみろ)

「晶が、死んだんだ」

(なに?)

「自殺したって、岩さんからさっき電話があった」

一瞬、沈黙があった。

(お前に理由を訊いてもわからないんだろうな)

「うん」

何もわからない。そう言うと、ちょっと待て、と宮永が言って、カチャカチャというキーボードを打つ音が聞こえた。

(通夜は明日か)

「あさって。森戸《もりと》の明証寺《めいしょうじ》に六時」

めいしょうはどういう字だったっけ、と訊くので、明るいに証言の証と答えた。行ったことはないけど場所はわかる。

「僕は明日、岩さんの家に泊まろうと思ってるんだけど」

(わかった。連絡網は廻したのか?)

リュウジが留守電で、次のタカシに掛けようと思っていたんだと言うと、宮永はすぐに俺が掛ける、と言ってくれた。それから明日一緒に岩さんの家に行くというので、逗子《ずし》の駅前で待ち合わせることにした。忙しいのに大丈夫なんだろうかと思って訊いたら、仕事より大事なことは優先する、とあたりまえのように言って電話を切った。宮永のことだから、連絡網は使わずに全員に自分で掛けるんだろう。いつもの、冷静な宮永。

小学校一年生のときから宮永とは同じクラスで、ずっと一緒に遊んでいた。そしていつも、僕らの間の中心人物だった。頭が切れて、でも、誰にでも優しくて行動力もあって。古くさいけど、紳士、という言葉が似合いそうな男だ。

僕はどちらかと言えば目立たない男だ。でも、クラスの中心だった宮永といつも一緒にいたから、何かを始めるときには自然と最初からそこにいて、宮永のすることを手伝い、最後まで一緒にいる。そんな感じだった。

当時は家も近所だったから家族ぐるみでの付き合いがあったし、お互いの家によく泊まりに行ったりもしていた。だから、幼なじみと言ってもいいんだ。もっともそういう意味ではクラスの半分ぐらいは幼なじみではあるんだけど。

宮永がどういう男かをいちばん知っているのは僕だ、というのはある。それと同時に、僕という人間をいちばんわかってくれるのは宮永だと思う。いつだったか、まるで精神的な親子関係だと宮永が苦笑していた。どちらが親で子でというのではなく、状況によってそれが変わるなんて言ってたけど、僕にしてみればいつも親なのは宮永だと思う。

宮永が、子供になってしまうのは、お姉さんのことでだけだ。

小学校六年生の最後の日。卒業式の日。宮永のお姉さんが亡くなった。僕が医者になろうと決意したのも、その日だった。

お姉さんが亡くなったときの宮永の落ち込みようを見て、いったい僕に何ができるんだろうと考えていた。でも、そんな痛みも何も経験したことがない子供の僕は、ただただおろおろするばかりだった。眼を真っ赤に腫《は》らした宮永の傍《そば》に、じっとついているだけだったんだ。

でも、そのときに、宮永に言った言葉が、そうだったんだ。

「僕、医者になるよ」

宮永のお姉さんは手術したけど駄目だった。四歳上で、僕にもとても優しかったその人の笑顔がもう見られないというのは、悲しいことだった。友達の宮永がこんなにも悲しむのを、周りにいる人たちの泣き叫ぶ姿なんかもう見たくない。どうにかできないんだろうか。なんとかならないんだろうか。僕に何かできないんだろうか。そう考えていて、素直に出てきた言葉だった。宮永は驚いたように僕を見て、唇を嚙《か》みしめて、頷《うなず》いていたっけ。

溜息が出た。

さっきまで、岩さんから電話があるまで何をやっていたっけって考えた。そういえば勉強していたんだって思い出したけど、何をやっていたのか、まるで頭から抜け落ちてしまっている。

「晶」

机を窓際に置いてあるので、その向こうに街の灯《ひ》が見える。小さな五階建てのワンルームマンションで、周りにここより高い建物がないのでカーテンを付けていない。

ぼんやりと、窓の向こうを見つめていた。そこに映る自分の顔を見た。顔を下に向けて机の上のノートと文献とドイツ語の辞書を見た。何かをしようという気がまるで起きてこなかった。

晶が死んだということが、どういうことなのか考えようと思ったけど、何でそんなこと考えなきゃならないのか。考えたくない。でも、晶は。

携帯が鳴って思わず身体《からだ》が跳ねた。ディスプレイに伊東竜二の名前が表示されているのを確認して、何故だかわからないけどホッとして、通話ボタンを押した。

(よぉ、ひさしぶりー)

「リュウジ?」

わかっているのに確認してしまう。

(だよ。ごめんなーさっき電話出れなくて。スタジオに籠《こも》ってたから気づかんかった)

「いいよ」

レコーディング中なのかい？　と訊くと、そうだと答える。

（渋谷にあるスタジオでお籠りさ）

〈フライダン〉のギタリストが同級生だと言うと、十人中八人が驚いて羨《うらや》ましがる。サイン貰って！　と何十回も頼まれている。リュウジのバンドはそれぐらい人気があるんだ。

中学の頃は全然音楽に興味なんかなかったのに、高校に入ってバンドを始めて、インディーズから火が点《つ》いて、あっという間に全国区のミュージシャンになってしまった。ときどきテレビの音楽番組で観るリュウジは、かなり近寄り難いオーラを放っている。目つきは悪いし態度も横柄だし、実際、あまり他人に心を開かないタイプだと思う。

でも、僕らには別だ。

「リュウジ、宮永から電話は？」

（いや？　来てないぜ）

先にタカシに掛けたんだろう。着信記録から、リュウジは僕に電話をしてくるからいいと判断したんだろうか。

「今、椅子に座っている？」

（なに？　座ってるぞ？　ロビーで煙草吸ってる）

「そのままで聞いてほしいんだけど」

電話の向こうでリュウジが笑った。

(なんだよおっかねぇなぁ。マジな話なのか？　借金か？　十万ぐらいならすぐに貸せるぞ)

「晶がね」

(晶？)

一度、唾を飲み込んだ。

「死んだんだ。自殺したって、岩さんから連絡があった」

予想はしていたけど、その沈黙は長かった。ゆっくりと十《じゅう》数えてもまだリュウジは沈黙したままで、慌てて僕はリュウジ、と呼びかけた。

(オレだ)

「え？」

(晶が、自殺したのは、オレのせいだ。オレが晶を殺したんだ)

語尾の上ずり方に嫌な予感がした。今までにも何度かあった、リュウジが混乱して騒ぐ前兆。きっと長い髪を掻《か》きむしるようにしている。眼が宙を泳いで、手が震え始めているに違いない。だから、僕は思いっきり大声で呼んだ。

「リュウジ！」

電話の向こうで、リュウジが水でも掛けられたように顔を上げるのが見えた気がした。

「すぐに行くから。そこにいて。絶対動いちゃダメだよ！」

実際にすぐに向かったのは宮永。リュウジがいる渋谷まで、浜松にいる僕はどう頑張っても二時間は掛かる。だから、宮永に電話して先に向かってもらった。電話で「リュウジが」と言った瞬間に宮永は「わかった。あいつはどこにいる？」と答えていた。

慌てて財布と携帯だけ持って部屋を飛びだした。苦学生の身には痛くてたまらないけど。そんなことをまるで考えないでタクシーに飛び乗って浜松駅に向かった。

父の転職で故郷を離れて静岡県に移り住んだのは、高校を卒業してすぐだった。

もちろん中学の仲間は高校ではバラバラになった。それでも日曜日に五、六人や多いときには十二、三人が集まってどこかへ遊びに行ったりしていた。女子なんかは韮山先生の家に泊まりに行ったりもしていたし、誰かが欠けることもなく、僕らはそのまま〈仲間〉のままで高校時代を過ごしていた。

僕は、希望していた浜松市内の医大に合格できた。宮永が大喜びしてくれて、絵里香と遥を連れて浜松まで来てお祝いをしてくれた。忙しくて会えないからと晶やキンゴや神原さんはくまのプーさんやキティちゃんのぬいぐるみの祝電を寄越して僕を苦笑させた。晶なんかは祝電だけじゃ気が済まないと「祝電着いた？」と電話してきた。

そんなことを、こんなふうに思い出すなんて。

電車に揺られながら、何も見えない窓の向こうの闇と、窓ガラスに映る自分の顔を眺めて、溜息をついた。

〈リュウジを摑《つか》まえた。渋谷のバーにいる〉

宮永からのメールが入って、夜の十二時を廻った頃にようやく渋谷駅に着いた僕は、走りながら宮永に電話して道順を尋ねた。真っ黒の目立たない看板のその店はビルの地下にあって、ボックスがまるで洞穴のように形作ってあって、聞かれたくない話をするのには最適だなと思った。でも、実際はカップルに最適だと思って作ったんだろうな。

黒いシルクっぽいシャツをだらしなくさせて、リュウジはウーロン茶を飲んでいた。髪の毛がいつも以上にぐちゃぐちゃで少し眼が赤いと思ったけど落ち着いていて、テーブルの上にはピザやらオムレツやらの残りが載っかっていた。

黒い麻のスーツを着た宮永は、僕を見て軽く頷いた。

「大丈夫だ。落ち着いてる。被害はスタジオのロビーの灰皿だけだ」

ホッとした。それだけで済んで良かった。今までいちばん大きな被害は、確か三年ぐらい前の清涼飲料水の自動販売機二台だったっけ。

「まだ何も聞いていない。お前が来るのをバカ話しながら待ってた」

宮永が水割りのグラスを傾けてから言った。眼鏡を換えたみたいだ。レンズの下半分だけが四角く細長い紺色のセルフレームの眼鏡。リュウジが空のグラスに氷とウィスキーをどばっと入れて、水のピッチャーを乱暴に傾けて、人差し指を差し込んで掻き回す。自分の分かと思ったら僕のだった。グラスを僕に渡してまた力なく笑った。

「わりぃ。いつもいつも」

破滅的で破壊的な人間。宮永はリュウジのことをそういうふうに言う。いつの時代にもどこにでもそういう傾向の性格を持つ人間はいるそうだ。それが悲劇に向かうか喜劇に向かうか収束するかは周りにどういう友人がいるかで決まる。

宮永は、リュウジが宮永に感じている負い目や、常に見せる献身的な思いを良しとしてはいないけど、それがリュウジの精神のバランスを保たせているのがわかっているから、何も言わない。破滅的な人間のリュウジは、宮永が友人でいる限り、この世に存在する限り自分を破滅させはしない。

「晶さ、一週間ぐらい前かな、来たんだよ部屋に」

リュウジは身体をソファの背に投げ出し、僕と宮永の顔に視線を行ったり来たりさせながら言う。

「CD持ってさ。新しいの。聴いてくれって」

晶は、〈アキラ〉という名前でソロで音楽をやっていた。インディーズで二枚ぐらいアルバムを出しているけどまるで売れていなかった。アルバイトをしながらライブを繰り返す、たぶん日本中に何万人といるアマチュアミュージシャンだ。

「聴いたけどさ、相変わらずなんだ。全然ダメなんだよ」

リュウジは、わかってくれるよな？　という眼をして僕と宮永を見るけど、僕は眼を伏せてしまうんだ。こういう話は何年も前から何回となくしている。でも、残念だけど、僕に晶の音楽の良し悪《あ》しはわからない。

晶は自分で作詞作曲して自分でギターを弾いて歌っている。歌は巧《うま》いと思うし、きれいな曲も多いと思うけど、でもそれだけじゃダメなんだろう。じゃあ何が足りないのか、評論家なら何十もの言葉を駆使して語れるんだろうけど、それを聞いたってダメだとリュウジは言う。

「相変わらずお前が言ったって晶はわからないんだろう？」

宮永が煙草に火を点けながら言った。そうなんだと、リュウジは肩を落とす。ギタリストであるリュウジが何か言っても、晶は首を縦に振らないそうだ。結局リュウジはただの職人じゃないかと、ソングライティングのことをお前なんかに言われたくないと怒るんだそうだ。だったらリュウジに聴かせなきゃいいのにと思うんだけど。

「やめろって言ったんだ」

リュウジが溜息と一緒に言った。

「なにを？」

「音楽を」

宮永が口元を引きしめた。

「そういう意味じゃなくてさ。いっかい離れてみろっていう意味でさぁ。何がどこでどう変わるかわからねぇんだから働いてみないかって、言ったのさ」

「なに？」

「うちのレーベルの事務所でさ、ディレクターがちょうどアルバイトが欲しいって言ってたし。スタジオやら事務所やらの仕事をやってりゃ、あいつに見えなかったものも見えてくるかと思ってさ」

そうしたら、晶は泣きだしそうな顔になって、リュウジの部屋を飛び出していったそうだ。

「あとから、やべぇこと言っちまったって後悔したけど」

ミュージシャンになりたい男に、音楽事務所で働いてみないかというのは、いいことのように僕は思えるんだけど違うんだろう。そう言うと、リュウジは頷いた。

「もしオレがデビュー前にそういうふうに言われたら、くそ喰らえって言うな」

それは決してその職業を卑下《ひげ》しているんじゃない。

「才能がないからやめろって宣言されたようなものだろうな」

宮永は言う。好きというだけでは本物のミュージシャンにはなれない。好きだけなら、その業界に留《とど》まるためには働くしかない。そして。

「音楽に限らずアーティストというのは、〈働く〉ものじゃないんだ」

そういう才能に囲まれたところで仕事をしている宮永はわかるんだろう。お前は本物じゃないから、せめて音楽に近いところで働かせてやるよ。リュウジが晶に言った言葉は、そういう意味だ。そう宮永は言う。リュウジが、両手で顔を覆った。

きっと本当のところでは僕は理解できない。でも。

「でも、そんなので晶は死なないよ」

そう言った後の言葉を継げずに、僕は口をつぐんでしまった。宮永が、後を続けるように僕に向かって言った。

「なぁ、自殺の状況は訊いたのか？」

「状況？」

「どうやって死んだのか」

首吊り自殺、としか聞いていない。その単語を口にするのも嫌で、言ってなかった。そう言うと宮永は携帯を取り出してどこかに電話をした。僕とリュウジはそれを黙って見ていた。

「俺、宮永……うん、久しぶり。悪いな、起こしたか……聞いた。皆には連絡したよ。たぶん、全員集まるはずだ」

岩さんに電話しているのか。

「うん……詳しくは明日聞くけど、ひとつだけ教えてくれ。どこで首を吊ったんだ？」

その後、宮永は、本当か？　と言って、二、三秒黙ってしまった。それから、わかった、起こして悪かったな、おやすみと言って電話を切った。

「なんだって？」

リュウジが訊いた。宮永は、眉を顰《ひそ》めた。右眼だけが軽く閉じられる。昔からの癖なんだけど、下手くそなウィンクのように見える。

「教室で首吊り自殺したそうだ」

「教室って」

「俺たちの、三年一組だった、あの教室だ」

そう言って宮永は煙草に火を点け、大きく吸った後、上に向かって煙を吐き出し、ソファに凭《もた》れた。ふぅと小さく声を出した。

教室で死んだ？　僕とリュウジは顔を見合わせて、それから二人で宮永を見た。宮永は少しだけ首を傾《かし》げて、また煙草の煙を吐き出した。

「そこに、何か意味があるのかな」

今までちゃんとしていたネクタイを緩めて、シャツのボタンを外した。カバンからMacintosh の PowerBook を取り出した。通信カードを入れて、立ち上げる。

ブラウザーが立ち上がって、ディスプレイに〈twenty one〉のトップページが表示された。僕らのサイト。キーワードとパスワードを打ち込んで、本当のトップページが現われた。僕らの全員の名前がそこに書かれていて、そして、それぞれの近況がアップされている。そこを管理しているのは、晶だった。

二十一歳になる年に、二〇〇一年にクラス会をやろうというのは、卒業するときに決めていたことだ。高校時代に晶が自分のサイトを作るついでに、全員の連絡用にと専用の掲示板を作って、それが〈twenty one〉のサイトになっていった。僕なんかは毎日一回はそこを見るのが日課になっている。

「自殺をほのめかすようなことは、何も書かれていない。晶が最後に書き込んだのは六月二十五日。打ち合わせ中の遥を見たっていうのが最後だ」

遺書らしきものも発見されていないそうだと宮永は言った。どうして、教室で死んだりしたんだろう。それが何かのメッセージなんだろうか。

「少なくとも、リュウジに引導を渡されたのが直接の原因じゃないだろう」

宮永が煙草をもみ消しながら言う。

「どうしてだよ？」

リュウジが、ふてくされたように訊いた。

「それで死ぬなら、晶は本物だったってことさ」

「本物？」

僕にはわからなかった。宮永は、両の掌《てのひら》を広げて、それから閉じた。

「自分の才能のなさに絶望して死を選べるのは、少なくとも本物の天分を持った人間だけだと思う。それがわかるからこそ、そのまま生きていくのを良しとできない人間だけだ」

リュウジが背筋《せすじ》を伸ばした。頷いて、宮永は続けた。

「でも、あいつは本物じゃなかった。少なくとも俺はそう判断している」

一ヶ月ぐらい前かな、と宮永は続けた。

「CMのバックに流す曲をあいつに頼もうかと思ったんだ。小さな会社のちっぽけなCMでさ。予算もないし、男性ボーカルでアコースティックな曲が欲しいというご要望にお応えして、晶を使おうと思った」

いい話なんじゃない？　と言った僕に宮永はにこりともしなかった。

「ほんの十五秒。印象的なサビさえ持ってくればそれなりに聴こえる。でも、仕事という意識で、改めて晶の歌をじっくり聴いて確信したよ。こいつはダメだって。使えない。だから、言ったんだ。モデルをやらないかって」

「モデル？」

晶は美しさだけなら、そこらのメンズファッション誌に出ている男性モデルに引けは取らない。むしろ晶より美しいモデルなんか見たことない。身長が少し足りなくて身体が貧弱なのが難点だけど、なんとかなる。宮永はそう言った。

「そろそろ他のことを考えた方がいいってさ。モデルクラブも紹介したよ」

「晶は、なんて？」

「考えとくって言って、帰った。それきり会ってない」

だから、たぶんそうじゃないさ、と宮永はリュウジに言った。お前の一言が原因じゃない。

「じゃあ、なんでだ。なんであいつは死んだんだ」

「わからない」

わからない。三人とも、下を向いて溜息をつくしかなかった。岩さんの家に行って、もう少し詳しい状況を聞いたら何かわかるんだろうか。

わかったとき、どうなるんだろうか。


カラン、と音を立ててグラスの中の氷が落ちた。リュウジがそれに合わせるように顔を上げて、宮永、と呼んだ。

「何」

「絵里香は元気か」

「元気だ。なんでだ」

宮永が少し無理に笑いながら訊いた。リュウジが話題を変えたがっているのがわかって、僕もしばらく会ってないなと言って話題を続けさせた。

「オレの今の女さ」

「うん」

「絵里香って言うんだ。字もおんなじ」

「マジか」

今度は宮永は本気で笑った。

「顔は全然似てねーんだけどさ。絵里香ってそいつを呼ぶたんびにお前の絵里香の顔が浮かんできて困ってさ」

「主にベッドの中でか？」

三人で笑い合った。

「絵里香に言ったら殴られるね」

「オレはあいつと相性悪いからなー」

誰もが絵里香と宮永が、あの頃からずっと恋人同士だと思っている。宮永も絵里香も否定しない。二人がお互いに好きで、お互いを必要としてるのは本当だけど、二人は本当の意味では恋人になっていない。僕はずっとこのままなれないんじゃないかと心配し続けて、もう何年にもなっている。

絵里香は、宮永のお姉さんにとてもよく似ているんだ。

宮永のお姉さんのことを知っている仲間は、もう気にしてはいないんだと思っているけど、そうじゃないんだ。

二人はまだその呪縛《じゅばく》から解かれていない。解かれる日が来ることを本当に願っているんだけど、宮永はいつも淋しそうに言う。死んだ人間には誰も敵《かな》わないって。

今日は俺の部屋に泊まっていけと宮永に言われて、店を出た。リュウジは部屋で女が待ってるから帰ると言った。

「大丈夫？」

僕が言うと、リュウジは苦笑いする。

「すまん。落ち着いた。オレも明日適当に岩さんの家に行くからさ」

先にタクシーに乗り込んだリュウジに軽く手を振った。お前の絵里香によろしくな、と宮永が軽口を叩いて、リュウジが窓を開けながら今度会ってくれ！　と叫んで手を大きく振った。

「いつまで持つんだかな」

顔を見合わせて苦笑いした。リュウジに紹介された恋人の名前はもう何人も忘れてしまっている。

「リュウジさ」

「うん」

「恋人ができる度に、宮永のことを話すんだよね。一生の恩人だって。詳しくは言えないけど、あいつのためなら命だって捨てるって」

宮永が苦笑いして、しょうがないなぁ、というふうに手を振った。

「そうやって思わせぶりな話をして女を騙《だま》すんだあいつは」

中学二年のときにリュウジが起こした他校の生徒との大ゲンカ。ナイフを持って相手を刺そうとしたリュウジを、宮永が身体で止めたんだ。大けがをして病院に運ばれたけど、どうしてこんなことになったかを親にも誰にも言わなかった宮永。その場にいた僕と宮永とリュウジの三人だけの秘密。

「少し、歩くか。酔いざましに」

「うん」

午前二時を廻っていて、空気が少しだけ冷たくなっていた。そんなに酔ってはいないけど、夜風が気持ち良かった。

「リュウジがいたから言えなかったけど」

宮永がぽつりと言う。

「うん」

「俺が晶を殺したのかな、と思ったよ。さっき話した件でさ」

「そうじゃないよ。きっと」

宮永は苦笑して小さく頷く。そうじゃないと思いたい。誰かが原因だなんて、考えたくない。でも、晶が自殺したのは事実だ。原因は、僕らに関係のない、まったく違う次元でのものであってほしい。

そう思うのは、僕が臆病者だからだろうか。もし、遺書でも書き残していて、そこに同級生の誰かの名前があったら僕はどうするんだろう。ひょっとして、それは僕の名前かもしれない。僕は、気づかないうちに晶を傷つけてはいなかっただろうか。

何気ない一言で。何気ない行動で。晶にしかわからない理由で、僕が傷つけたことはなかったんだろうか。そう言うと、宮永は首を軽く横に振った。

「そんなことを考えていたら、生きていけない」

考えるな、と言う。

「人は、生きていくだけで他の誰かを傷つける存在なんだ。そうしようと思わなくても、そうなってしまう。それが今の社会なんだ」

「そんな」

「だから、できることは、傷つかない強い心になること、傷ついてもわからない鈍い心になること、傷つく前に避ける術《すべ》を持つこと。それしかないんだ」

「それができなかったら？」

宮永を見ると、肩を竦《すく》めた。

「死ぬしかない。晶みたいに」

「それは、違うよ」

僕は立ち止まって言った。一、二歩前に進んでいた宮永がゆっくりと僕を振り返った。車道を通り過ぎる車の起こした風が、宮永のスーツをはためかせた。違うんだろうか。でも、言いたかった。でも、どう言っていいか、わからなかった。

「それは、違うよ」

わからなくて、宮永を見ながら同じ言葉を繰り返した。宮永は少しだけ笑って、頷いた。

「お前に」

「え？」

「お前にそう言ってほしかった」

行こう、と宮永は歩きだした。僕も少し歩調を速めて宮永に並ぶと、そのまま何も言わないで歩き続けた。

宮永も、リュウジと同じだったんだ。自分のあの一言が、晶を自殺に追い込んだんじゃないかって、たとえ一瞬でも思ってしまったんだろう。

〈残された者たちは、無言という十字架を背負う〉

どこかで聞いたか読んだかした、そんな言葉が頭に浮かんだけど言わなかった。


そろそろタクシーを摑まえようかと立ち止まったとき、僕の携帯が鳴った。

「遥だ」

ディスプレイを見て呟《つぶや》いて、通話ボタンを押した。

（凌一？）

「うん」

（外にいるの？）

「うん、宮永と一緒に歩いている。そろそろタクシーを摑まえようかと」

宮永が僕と眼を合わせて少し笑う。

（私は絵里香と一緒にいるの）

珍しいことじゃなかった。あの頃から遥と絵里香はいつもコンビだった。僕と宮永のように。

きっと晶の件で会わずにはいられなかったんだろうなと思った。

（それで、水晶がね）

「水晶？」

僕の言葉に、宮永の眼が少しだけ細くなる。

（さっき帰ってきて、手紙が届いていたの。その中に水晶が入っていた）

「誰の？」

答えがすぐに浮かんでいたのに、訊いた。

（番号は9。半沢くんのよ。私のところに届いていたのよ）

晶の、水晶。

それが遥のところに？

メッセージも何もなし。ただ、封筒の中に水晶が入っていた。遥は家に帰るのが遅くなって、さっきそれに気づいたそうだ。その理由を考えるのに一人では少し頼りなくて絵里香のところに行った。そして、二人でさんざん話し合って、僕に電話を掛けてきた。

しばらくいろいろと考えたことを話し続ける遥に相づちを打っていた。宮永はじっと僕を見て待っていた。

「今のところは、どうしようもないね」

(うん。とにかく預かっておいて、葬儀には持っていくつもりだけど)

「うん。わかった」

じゃ、向こうで会おうと言って電話を切った。

「どういうことだ？　晶の水晶か？」

勘がいい宮永は、僕が電話を切るとすぐそう言った。何故か遥のもとに届けられた晶の水晶。送ったのは晶以外に考えられない。

遺品、という言葉が僕の頭に浮かんでいたんだ。それを告げると宮永は顔を顰めた。

「遥にか」

遥と晶の間には、恋愛感情も何もなかったはずだ。それは僕も宮永も知ってる。それなのに晶は、たぶん死ぬ前に水晶を封筒に入れて遥に送った。

「遥は、その理由が思い当たるのか」

「うん」

ひょっとしたら、と話していた。

「どんな？」

少しだけ躊躇《ちゅうちょ》した。それを説明するのには、まだ宮永に話していなかったことを告げなきゃならない。

「遥は、この間、水晶を割ったんだ。僕の目の前で」

「割った？」

そう。仲間の証しである水晶を、遥は僕の前で割った。それは、仲間であることを否定する意味ではなくて、僕との関係をそこから進めるために。

宮永と絵里香と同じように、僕と遥は中学の頃からの呪縛に囚《とら》われていた。囚われて、そこから先へ進めないで立ち止まっていたままだった。

中学二年生のときに、身体を重ねてしまったんだ。それ以来、僕と遥は何もできなくなってしまった。好き合っているのに、どうにもならない迷路に迷い込んでしまった。

それを知ってるのは、宮永と絵里香だけ。

思い出すと、まるで事故みたいなものだったなって思う。

塾の帰り、夜道を歩いていた遥を車に引きずり込んで暴行しようとした男が二人。僕は偶然、本当に偶然にその現場に通りかかった。母に頼まれて明日の朝の牛乳をコンビニに買いに行って、その帰り道。角を曲がった瞬間に、今まさに遥が車の中に押し込まれようとしていた。

何も頭に浮かばなかった。どこにそんな勇気と力があったのかわからない。僕は叫びながら自分の乗っていた自転車を持ち上げて車のフロントガラスに激突させた。車に飛び乗って大声で叫びながら屋根の上で跳ね回った。二人の男が慌てた瞬間に逃げ出した遥を見て、飛び降りてその手を握って必死で遥の家まで逃げた。

鍵を掛けて、泣きじゃくる遥を抱きしめた。心臓がバクバク言っていた。死にそうに息が切れているのも気づかなかった。

その日、遥の両親が知り合いの葬儀で遠くへ行っていて、一晩いなかったのも偶然だった。遥はシャワーを浴びながら見知らぬ男に触られた部分を赤くなるまでこすり続けた。そこに居てって言われたから僕はずっと風呂場の前に座り込んでその音を聞いていた。しゃくりあげる遥の泣き声は、壊れた水道の音みたいだった。

シャワーの音が止まって、出るからって声がして、僕は立ち上がってお風呂場の扉に背を向けていた。扉が開いたけどそれっきり遥の動く気配がなくてどうしたのかと思っていた。そうしたら、泣きやんだはずの遥のしゃくりあげる声がまた聞こえてきた。

遥が、「汚くないよね、汚くないよね」って、泣きながら言って、僕は振り返って裸のままの遥を見つめて、「ゼッタイにそんなことない。汚くなんかない」って言って。

そうなることは、全然考えていなかった。

遥だって、ひどい目に遭って、同じ男である僕に抱きしめてもらおうなんて思ってもいなかった。だから、まるで魔法にかかったみたいな瞬間だった。

気がついたら、遥の部屋のベッドで裸で二人で抱き合っていた。

そして、僕はずっとそばにいた。朝になるまで。

でも、それきり、僕たちは手を繋ぐことさえできなくなってしまったんだ。


重い鎖のようなものに繋がれて動けなくなってしまった僕と遥。その鎖を断ち切って、ついこの間、僕らの関係を進めたのは遥の方から。水晶を割って。

「何があった？　あいつに」

僕はまた躊躇する。

「あの作家」

遥は東京の出版社で編集者をやっている。担当した新人作家がとんでもなく売れてしまって社会現象にまでなってしまった。表にはまったく出たがらないその作家に代わって、遥が表に立ってマスコミに対応していた。売れたことが原因で逆に殻に閉じ籠るようになってしまったその作家の世話を、遥は何くれとなくしていた。

「僕らと歳《とし》はそんなに変わらないんだ。内に内に籠っていく人らしくて」

「そんな感じだな。あの小説だと」

「読んだの？」

一応な、と宮永は肩を竦めた。流行《はや》りモノにはついていかなきゃならない商売だと。

「そのうちに遥は、その作家とほとんど四六時中連絡を取り合い、まるで一緒にいるかのようになってしまった。家にも足しげく通った。向こうがそれを望んだんだ」

遥がきちんとフォローしてくれることで創作意欲が湧きあがる。いい作品が書ける。そう彼は言って、そして実際そうなっていった。その後も彼が書いた短編はことごとく批評家たちが絶賛した。そんなふうに言われて結果を出されて喜ばない編集者はいないそうだ。確かに素人《しろうと》の僕でもそう思う。

もちろん身体の関係も、恋愛感情も自分にはないと遥は言った。でも、ますます精神的に寄りかかってくるその作家を見ていると怖くなってきた。それに応えたいと思う自分の気持ちが、編集者としてなのか女としてなのか、そのままだと自分でも、何かがわからなくなってきそうだったと。

「それで、水晶を割ったのか」

悩んで悩んで、悩み抜いた。担当を代えてもらうのは簡単だったけど、それは編集者としての魂が許さなかった。ひとつの珠玉のような作品を世に送り出す。編集者としてそれに勝る喜びはない。その可能性をみすみす手放すことはできない。

だから、僕のいる浜松までやってきて、目の前で水晶を割った。

「『三波遥が愛しているのは、糸井凌一。そんな単純なことが曖昧《あいまい》になって悩むほど時間が経《た》ってしまった。仲間であることは、私にとってはもう邪魔でしかない』って」

強引に休暇を取ってきたという遥は、それから三日間僕の部屋に泊まっていった。まったく僕はおろおろするばかりで、女はいざとなったら強いぞ、といつも言っていたリュウジの台詞を実感していた。

「近いうちに一緒に住める部屋を決める。遥が引っ越してくるって」

宮永が笑った。

「通うのか」

「遥は東京にも部屋がないと無理だけどね」

編集の仕事は時間が不規則だ。でも時間帯によっては一時間半で通うことができる。僕は東京で働こうと思っていたから、それまでの間は。

「まぁいい給料貰ってるからなんとかなるだろ」

「そう言ってた」

そうしないとダメだって、遥が言った。その方がいいだろうなって、宮永はまた笑う。

「自分が少し情けなかったよ。遥にそんなふうに悩ませて、遥だけに決断させて」

「男はただ身体が大きくなるばかりで、中身は何も変わらないからな」

「そうかもね」

「でも女はどんどん変わっていくんだ」

敵わないよな、と言って少し首を傾げる。

「すると、晶がそれを知ったという話になるのか？」

そうなんだ。

「たまたま晶と会ったときに水晶の話題になって」

遥のは？　と訊かれたときに一瞬ためらってしまった。僕とのことを話すつもりはまだなかったけど、でも、その表情を晶に見抜かれてしまった。

「どうしたのって追及されて、うっかり割ってしまったって嘘ついて」

宮永が苦笑した。

「そんな嘘が晶に通用するはずないな」

僕もそう思う。ただでさえ、遥は嘘をつくのが下手くそなのに。

「ひょっとして、糸井に何か関係あるの？　と図星を突かれて頷いてしまった。自分で割ったと言ってしまったって。もちろんそれは関係を壊すという意味ではなくてって」

慌ててフォローした。皆にはまだ黙っていてね、そのうちにちゃんと報告するからねとその場をしのいだ。晶も笑っていたそうだ。糸井によろしくねと言っていた。でも。

「それを知ったときの、僕とのために水晶を自分で割ったと聞かされたときの晶の表情が、今にして思えば印象的だったと遥は言ってた」

「印象的？」

宮永は唇を噛みしめた。

「その瞳に何かの光が宿っていたようなって」

普段とは違う何かが、そこに見えたような気がした。

だから、晶は死ぬ前に自分の水晶を遥に送ってきたんじゃないか。ひょっとしたら、自分の水晶も割ってくれという意味で。自分はできなかったけど、遥にならできるから。

「そう、遥は言ってた」

もしそうなら。晶が水晶を割ることを望みながら自殺したのだとしたら。

それは、晶の自殺の原因が、水晶を持ち合っている人間に、クラスの仲間の中にいるってことになるんじゃないか。死を選んだということは、僕と遥のように関係を進めるということではなく、誰かとの関係を断ち切るという意味で割ってくれということなんじゃないか。

「誰かが、晶と」

晶に、恋人はいなかった。特定の誰かを選んだという話はまるで聞かなかった。あんなに美しい男性なのに、間違いなくよりどりみどりだったはずなのに、あの頃から晶に彼女はいなかった。ゲイじゃないかという話もいつも出たけど、そうじゃなかった。

知らないうちに、仲間の女子の誰かが、晶と恋人になったんだろうか。

じっと何かを考えていた宮永が顔を上げた。

「変わっていくのも、変わらないのも、それを皆で確かめていけるのは楽しいのにな」

そう言って、なんで逝っちまったんだかと呟いて、続けた。

「それが晶にとっては堪《た》え難い苦しさになっちまったか」

わからなかった。まるで。

「どういう意味？」

宮永は大きく溜息をついて夜空を見上げた。つられて僕も見たけど、そこに星は見えない。

「もうやめておこう」

僕の顔を見つめて言う。その顔は、表情は、本当にやめておこう、と言っている。推測でしかないんだろうけど、宮永は晶の自殺の原因に思い当たったんだと感じた。僕の知らない何かを宮永は知っているんだろうか。そんなはずはない。だったら自分の一言が原因かなんて思うはずがない。

だとしたら、それは。

自殺の理由は。

「晶に、恋人はいなかったよね。あの頃から」

宮永の目元が歪《ゆが》んだ。

「ずっとどうしてなんだろうと思っていたんだ。どうしてあんなにきれいな男なのに、彼女ができないんだって」

それは、できなかったんじゃなくて、作らなかったんだとしたら。あの頃からずっと好きな女の子がいて片思いだったとしたら。十三年もの間、秘めた思いを抱え込んでいたのだとしたら。

「その相手が、遥でもおかしくないんだ」

遥が水晶を割ることができると知ったから送ってきたんじゃない。水晶を割るほどの、遥の僕への深い思いを改めて知ったから送ってきたのだとしたら。

「そうだとしたら？」

「やめろ」

宮永が少し強く言った。

「そんなことで、晶は死なない」

宮永が軽く手を挙げて、ちょうど通りかかったタクシーを停《と》めた。乗り込んで行き先を運転手に告げた後は、それぞれ無言のままそれぞれ窓の外を眺めていた。流れる街の夜の景色を、色彩のない景色をずっと眺めていた。

「リュウジと、俺と、三つとも理由にしよう」

「え？」

宮永が首を廻して僕を見た。

「そう思ってしまったことはもう消せない。だったら、全部、自殺の理由にしよう」

リュウジに働けと言われたことも、宮永にモデルクラブを紹介されたことも、僕と遥が深く結ばれたことも。

「全部が、あいつの死んだ理由だ」

そうしておこう。そう思おう。

「そして、ここだけの話にしておこう」

また、二人だけの秘密にしておこう。宮永はそう言っている。少しだけ躊躇して、僕は頷いた。

「もし遥がそう思ってしまったら、否定しよう」

俺が引導渡したことが原因かもしれないって言ってやる。そうしよう。

そうしよう、と宮永は二度呟いた。

僕は、三度頷いた。


明日になれば何かわかるかもしれない。皆に会えば、誰かが何らかの事実を話してくれるかもしれない。晶の死の原因を知っている仲間がいるのかもしれない。

それでも、それでも本当の、真実の言葉を聞ける相手はもういない。

晶は死んでしまった。

僕らに何も告げずに。

ただひとつわかったのは、こうして僕らは、まるで明けない夜のように暗闇に囲まれた同じ疑問を繰り返すんだということ。葬儀の日も、その後の日々も。繰り返して繰り返してそのうちに空気のようになって何も感じなくなるまで。あるいは、その夜の暗闇の向こうに朝の光が差し込んでくることを願いながら、生きていくんだろう。

変わっていくものを感じて、変わらないものを確かめて、その日々の中で泣いたり笑ったり苦しんだりするんだ。きっと後から振り返れば、そのすべてがいとおしく感じられることを祈りながら。

そうやって生きていくんだということだけが、わかったような気がした。

二十一人が二十人になっても、最後の一人になったって、仲間だったあの日々は消えやしない。誰かの毎日が続いていく限り、それはいつまでも残っている。

晶がいなくなった僕らの日々は続いている。続いていく。

二〇〇五年七月一日　午後十一時三十分　満田佐衣

半沢くんが、自殺した。

宮永くんからそういう電話を貰って、気がついたら午後十一時三十分になっていた。

「えっ？」

電話を貰ったときに時計を見たら午後十時三十二分だったから、ほとんど一時間。

わたしは、自分の部屋で何をやっていたのかまったく記憶になかった。

右手の人差し指と親指の間にはマッチ棒が。わたしはマッチ棒をまるでキャンプファイヤーのやぐらのように、テーブルの上に積み上げていたんだ。

「どこからこんなにマッチ？」

自分で自分に声を出して問いかけてしまって、それでようやく、本当に、なんていうか我に返った。浮かしかけた腰を下ろして、溜息をついた。

そういえばわたしは溜息をつくときに一緒に眉毛も下がってしまって、その顔が印象的なんだって、前に誰かに言われたっけ。誰だったかな。糸井くんかな。

今も眉毛が下がったんだろうか。溜息をつく自分の顔を見ることなんて、一生のうちに何回あるんだろう。わたしはまだ、ない。

マッチ棒は、クローゼットの奥の上の棚の中にあったはずだから、そこから出してきたんだと思う。白馬の絵がついたお徳用マッチ。もう何年も前だなぁ、花火をしようってコンビニでおもしろがって買ってきたもの。ほとんど使っていなかったそれが、空っぽになってる。

わたしの目の前のマッチのタワーは二十センチぐらいの高さになっていた。よく無意識にこんなに積み上げられたなぁって感心した。もっともこういう作業は無心の方がいいんだろうとは思うけど。

こんなことは初めて。こんな経験は今までない。

自分で自分が何をしていたかわからないなんて。

そんなにショックだったんだろうか。半沢くんの死が。別に付き合っていたわけでもなんでもないのに。わからない。

わからないけど、どうしてこんなタワーを作ってしまったのかは、わかった。きっと、わたしの記憶の奥底にそれが眠っていたんだと思う。

忘れていたけど、思い出そうとすると、そのシーンをわたしはまるでビデオを再生するように思い浮かべることができた。あれは、中学三年のときの夏休みのキャンプだ。みんながクラスメイトでいられる最後の夏のキャンプ。受験勉強で忙しい人もいたけれど、最後だからって宮永くんたちが企画したんだっけ。

晩ご飯を食べた後、そのガーデンテーブルに残っていたのは、わたしと半沢くんとミーナと林田くんと糸井くん。なんでそんなメンバーだったかは覚えていない。もちろんその周りに他のみんなもいた。マッチ棒でタワーを作ろうと言い出したのは確か半沢くんで、主にその五人が順番にマッチを載せていった。誰かが風を防げって言い出して、周りにわらわらと立っている男子たちがいた。

どんどんどんどん高くなっていくタワーにみんなも本気になっていって、あちこちのテントからマッチが集められて、誰がそんなものを持ってきてたのか定規も出てきて高さを測っていた。

二十七センチを越えたところで崩してしまったのは半沢くんだった。

あー、というがっかりした声が響いてみんなが笑って、半沢くんも「アキラぁー!」っていう男子のからかいの声におどけていた。

でも、その次に、ほんの一瞬見せた半沢くんの表情。テーブルの下に落ちたマッチを拾おうとかがんだときの表情。隣に座っていてそれを手伝おうとしたわたしにしか見えなかったと思う。あんな表情をする男の子をそれまで見たことがなかったから、わたしは思わず手を引っ込めてしまったほどだった。

なんて表現していいかわからない。哀しさや辛さや後悔や、とにかく世の中の悲哀をすべて背負ってしまったかのような表情。もちろん、マッチのタワーを崩してしまったことにじゃない。そんなことであれほどの表情をするわけない。

何かがあったんだ。そのときの半沢くんの心のうちに何かが。

でも、すぐにいつもの楽しい半沢くんに戻っていた。信じられないぐらいきれいな顔をしていて、いつも明るかった半沢くん。だからそのギャップが、鮮烈に印象に残っている。これは他の人に言ってはいけない。わたしの胸にしまっておいた方がいい。すぐにそう思ったんだ。

それが、その懐かしくも心の奥底に眠らせた思い出が、わたしにこんなマッチのタワーを作らせた。

「はんざわあきら、くん」

呟くと、あの笑顔が浮かんでくる。まだ中学生だった頃の、子供っぽさを残した半沢くんの笑顔。

彼が死んだことがショックだったんじゃない。もちろんそれは悲しいことだけど、中学時代の仲間が、二十一人の中の一人がこの世からいなくなってしまったということが、ショックだったんだ。

そう思った。そう理解した。

大好きな、仲間。中学のときのクラスメイト。同級生。

でも、ただの同級生じゃない。わたしたちは、きっと世界中でいちばん強い絆《きずな》で結ばれた同級生だ。もし誰かに訊かれたら、照れもしないでそう言えると思う。

〈21〉という絆で結ばれた一生の仲間なんだって。

わたしはそんなに社交的な人間じゃないって思ってる。どっちかって言えば、人付き合いは苦手な方かもしれない。

「佐衣はフシギだよねぇ」

よくそんなふうに言われた。高校時代にはそれで随分周囲から浮いてしまって、まぁほとんどハブられたって言ってもいいかもしれない。わたしとしては全然気にしなかったのでいいんだけど。

でも、中学のときのクラスメイトは、わたしのそんなような感覚を素晴らしいと言ってくれた。文集の中に遥が書いてくれたわたしの紹介文を、わたしは今でも全部覚えている。

〈どんなささいなことにも感動して、周りの人の心をほんのりと温かくさせる不思議な女の子。いつも小さなカメラを持ってきて写真を撮っている佐衣。佐衣の撮った写真はどっか普通の人が撮る写真とは違ってて、ものすごい魅力的。まったくのマイペースで、天然ボケで、美人ってわけじゃないけど愛くるしい顔をしていて。そんな佐衣がみんな大好きだよ！〉

わたしも、みんなが大好きだった。大声で叫べと言われれば、あの教室の窓から見えていた山に向かって照れないで叫べるほどに。

二十一世紀になった年に、二十一歳になる、二十一人の仲間。

わたしたちは、21・21・21。〈twenty one〉。


なんでもない。ただの偶然。でもひょっとしたら、そんなことを本当に嬉しそうな笑顔でみんなに告げた韮山先生という存在がいなかったら、わたしたちもこれほどまとまらなかったかもしれない。当時でまだ二十六歳という若さと、そして教師っていう職業を選んだのは絶対失敗だろうって思えるほどの、わたし以上の天然ボケぶりと。

女子も男子も、明るい笑顔が似合う韮山先生が大好きだった。

もちろん三年間の大部分はただの日常だったって思う。学校に行って、授業を受けて、休み時間にはよく話す子たちと固まって、お弁当を食べて、部活に出て、帰る。そういうものがほとんどだった。普通となんにも変わらない。

でも、それさえも、ひょっとしたら特別なことだったのかも。

わたしたちのクラスでは、もめ事はなにひとつ起こらなかったんだ。いじめとか、暴力とか、嘲《あざけ》りの声とか、醒《さ》めた視線とか、そういうものがゼロ。クラス全員で何かを一緒にやろうと言えば、反対する声はまったくあがらなかった。心の中で舌打ちする子も絶対いなかった。それはわたし一人の勘違いでもなんでもなく、きっと誰に訊いてもそう答えると思う。

それを作りだした中心人物は、やっぱり糸井くんと宮永くんだ。糸井くんの無垢《むく》な柔らかさと宮永くんの高潔な意志が、クラスの芯をしっかりと保っていた。そしてその二人を支えていたのがリュウジと、岩村くんだ。リュウジは強烈な個性で、岩村くんはまろやかな平凡さと茶目っ気で、クラスの空気が淀《よど》まないようにかき混ぜて、そう、窓を開けていた。

テーブルの上の携帯電話が目に入った。きっと宮永くんのことだから、クラスの全員に電話をしているんだろう。普通の連絡ならまだしも、こんなことをそれぞれで廻して、などと頼む人じゃないから。もう、みんな知ってしまったんだろうか。それにしては誰からも電話が掛かってこないから、まだ連絡のつかない人もいるのかもしれない。

わたしは宮永くんとは小学校からずっと一緒だった。幼なじみって言ってもいいだろうし、そういう意味ではクラスの半分は幼なじみみたいなもの。幼稚園から同じじっていう人も何人かいる。

携帯電話が鳴った。ディスプレイに表示された名前は、加藤美菜。ミーナ。

「はい」

(佐衣？)

「うん。ミーナ？」

(うん)

相手がわかっているのに、確かめてしまう。

(宮永くんから、電話来た?)

「来た」

その次の言葉を言えなかった。半沢くんが自殺したっていう言葉を、出すことはできなかった。ミーナも同じだったんだと思う。ただ、相づちを打って、三秒ほど沈黙してしまった。

ミーナ。クラスでいちばんの元気娘。運動部じゃなかったのに、運動記録会ではどの種目でもほとんどトップだった。小さい身体をまるでボールのように弾ませて、飛び回っていた。お母さんのいないミーナ。二人の弟さんとお父さんの世話をあの頃からずっと一人でやっているミーナ。誰もがミーナのパワフルさと明るさに感心して、休みたいときはいつでも言ってほしいと思っていた。せめて少しでもお手伝いしてあげようと思っていた。

実際、ミーナの誕生日には、朝からクラスの女子全員で家に押しかけ、家事一切を肩代わりしたこともあったっけ。

日曜日だった。たまたまその年のミーナの誕生日が日曜日で、言いだしたのは、確か留美だ。

「料理が得意な人は料理を担当。掃除が好きな人は掃除を担当。洗濯が好きな人は洗濯を担当!」

そう言った留美に、ひろっぺが顔をしかめた。

「ミーナのお父さんのパンツまで洗うの？」

うーんと誰もが腕組みして考え込んでしまった。わたしも洗濯は嫌いじゃなかったけど、友達のお父さんのパンツを洗うというのはどうだろうって思ってしまったっけ。

「わたし、平気だよ」

そう言ったのはよっしーで、その瞬間によっしーが洗濯担当になった。料理は祐子とひろっぺが引き受け、掃除はこの際だから大掃除しちゃえ！　と、愛ちゃんと留美とひろりんとわたし。残ったのは絵里香と遥で、ミーナを外に連れだして遊ばせる係になった。

「デートだよね」

ひろっぺが言って、みんながうんうんと頷いた。

当時、ミーナが好きだったのは同じ軽音楽部の林田くんだった。ギターがとても上手で、将来は絶対ミュージシャンになると言っていたけど、今はホテルマンだ。飄々《ひょうひょう》とした、という表現がぴったりの男の子で、それは今も変わっていない。つかみどころがないのだけど、誰からも嫌がられない。我が道を行く、という感じなのだけど強引ではない。そんな感じの人。

ミーナも同じ軽音楽部で、林田くんと半沢くんとバンドを組んでボーカルをしていたのだけど、そういう恋愛ごとに関しては、ミーナはいつもの元気をなくしてしまう。林田くんと二人きりのデートをセッティングしても、恥ずかしがってダメだろう。だから、トリプルデートになった。絵里香と遥とミーナ、そして宮永くんと糸井くんと林田くん。

そういえば、同級生同士で結婚したのは二組。岩村くんと祐子、そしてまっちゃんと留美。そんなのを調べている人はいないだろうけど、だいたい十組の男女がいた中学の同級生の中で、二組が結婚したっていうのはすごいことじゃないかって思う。絵里香と宮永くん、遥と糸井くんは今でも恋人同士だからそれも時間の問題だと思う。すると、四組になる。

これも、わたしたち二十一人の結びつきの強さを表していると思う。

絵里香たちは、動物園に行ったり海に行ったりしてそれなりに楽しく過ごしたらしいけど、ミーナの家に押しかけたわたしたちはなかなか大変だった。まだ小さかったミーナの弟二人、信一くんと信次くんは、たくさんのオネエサンたちにすごいハイになって大騒ぎし、ミーナのお父さんは居場所をなくして外をうろうろして行方不明になって、みんなで捜索しパチンコ店で発見され、掃除担当の四人は張り切りすぎて居間の壁を洗剤で拭き出したらひどい汚れで一日で終わらずに、壁紙がツートンカラーになってしまったり。

晩ご飯はわたしたちがお金を出し合って買った材料で鍋を作った。みんなで鍋をつついて、ものすごく楽しい時間を過ごした。ミーナとお父さんは感激で泣いてしまって、それを見てもらい泣きする子が続出して、テーブルを囲んでみんながぐすぐす泣き笑いで鍋をつつき、弟くん二人がきょとんとするというシーンになってしまった。

思い出すと、笑顔だけが浮かんでくる。

ほんの十年前なのに、こんなにも懐かしい日々。

（私ね）

「うん」

（まだ、半沢くんの声が聞こえる気がするの）

「声？」

（「ミーナ！」って私を呼ぶ半沢くんの声が）

そうだ、半沢くんは、女子のことを名前で呼んだんだ。姓ではなく、下の名前。入学してすぐに。まだみんながそれぞれに打ち解ける前に。

それが嫌じゃなかったのは、ひとえに半沢くんのルックスのせいだ。あんなにきれいな顔をした男の子なんか、本当に生まれて初めて見て、本当に見惚《みと》れてしまった。しかもその美しさが全然嫌味じゃなくて、むしろ親しみを感じさせる。そんな顔をした男の子に、邪気のない声で「〇〇ちゃん」なんて呼ばれて、悪い気がする女性はいないと思う。

言ってみれば、彼はクラスのアイドル的存在だった。音楽が好きで、ギターやピアノを弾いて歌っていた。あの頃からずっと。

「ミスチルの歌を歌ってくれたよね」

あの頃流行っていた『Tomorrow never knows』。わたしはミスチルの桜井さんのボーカルより、クセのない半沢くんの声の方が好きだったっけ。

(自殺したって)

「うん」

ミーナの声に元気がない。もちろん、いくらパワフル娘でも無神経な子じゃない。こんなときには元気がなくなるだろうけど、少し気になる調子だった。

(原因、なんだったのかな)

「詳しくは訊けなかったけど、遺書はあったのかな。聞いてる?」

(訊けなかった。ただ、自殺したってことだけで)

わからない、どうして死んでしまうのだろう。まだその事実が信じられない。半沢くんがこの世にいないいなんて。わたしたちは、まだ二十五歳なのに。

もちろん、もう二十五よね、という呟きは女子のあちらこちらから聞こえるんだけど。

(私ね)

「うん」

(私が、半沢くんを殺してしまったような気がして)

「え?」

(自殺したのは私のせいなんじゃないかって)

「何を言ってるの?」

(そんな気がして、仕方ないんだ)

「ミーナ？」

（そうじゃないかって、思うんだ）


ずっと実家に暮らしているミーナ。

高校を卒業したミーナは就職も進学もしないで、家事の一切を切り盛りする生活に入った。お父さんはお元気で仕事をしているけど、弟の信一くんと信次くんはまだ学生だ。去年やっと二人とも高校生になった。あの二人が一人前になるまで結婚なんてできないと笑っていた。

（三ヶ月ぐらい前かな）

ミーナの家に、半沢くんから電話が入った。ときどき、そうやって半沢くんはみんなに電話をしていた。もちろん近況を確かめて、わたしたちのサイトである〈twenty one〉の更新をするために。誰に頼まれたわけでもないけど、誰もが半沢くんのそういう行動を楽しみにしていたはず。

いくら繫がりが強いっていっても、卒業して十年も経って社会に出ればそれ以外のしがらみが多くなる。地元を離れていった人もたくさんいる。今も鎌倉にいるのは、女子ではわたしとミーナ、留美、祐子の四人だけ。

それでもわたしはこうやって喫茶店をやっているから、みんながお店に来てくれて会う機会も多い。でも、普通の仕事をしていれば、二、三の人を除けばほとんど会わないだろうし、電話を掛けることも少なくなるだろう。だから、半沢くんが調べてくるみんなの近況をサイトで見られるのは楽しかったし、嬉しかった。

(お昼前に電話があったの。半沢くんから)

いつもの近況伺い、と思ったら、たまには会わないかと言ってきた。お昼ご飯でも食べようと。主婦に近い生活をしているミーナは、お昼時なら時間は自由になる。洗濯や掃除やお買い物は気になったけど、それ以外は特に予定もないし、たまにはいいかって思った。

(半沢くんに会うのも久しぶりだったし)

彼がよく行っているという海岸沿いの店でランチを食べた。懐かしい話をして、最近の話をして、誰かの近況を聞いて、二時間ぐらいがあっという間に過ぎていった。中学時代は同じバンドで音楽をやっていた仲間。気心が知れているという部分では、半沢くんとミーナはいちばんそうだったかもしれない。

その日はそれで終わった。でも、その日から半沢くんが頻繁に連絡を寄越すようになった。

たまには東京に来いよ。

ライブを観に行かないか。

酒を飲みに行こうよ。

気が向けば、そして時間が取れれば、断る理由はミーナにはなくて、そうやって一ヶ月ぐらいの時間が過ぎていった。どうして最近お誘いが多いんだろうという疑問は感じていたけれど、まぁ女子で暇なのも声を掛けやすいのも自分ぐらいだからかなって思っていた。実際そうだと思う。昼間に時間が自由になるのは、女子ではミーナだけかも。

（でもね、何かが違ってきたの。そう感じたんだ）

半沢くんの態度に、何かが強いのを感じたってミーナは言う。同級生としてではない、ただの男としてミーナに接しようとする意志。何かを期待する雰囲気。そういうものをミーナは感じていた。

なんとなくわかるような気がする。下品な表現をすると、身体目当ての男はどことなくわかる。そういう雰囲気を漂わせている。でも、半沢くんのそれはどこか違っていたそうだ。

（考えすぎなのかもしれないけど）

ミーナには経験があるそうだけど、身体ごと慰めてほしい男の態度、そういうものを感じたそうだ。危ないなと思った。そう思っていた矢先に、飲みに行った帰りに抱きすくめられて、キスされた。抵抗はしたけれど、強引ではないどこか頼りなげな半沢くんのそれに強く抗《あらが》い切れずに、キスだけは許した。軽く、身体に手を廻してあげた。でも、そこまでだと思った。

しばらく経って身体を離した半沢くんに、ミーナは言った。

「何があったかわからないけど、誰かの身代わりにはしないで」

同級生としてなら、仲間としてならこれからもいくらでも会う。でも、こういうことを願うなら、もう私に電話しないで。

少し強い調子で、そう半沢くんに言った。半沢くんは、思わず言ったことを取り消そうかと思ったほど、落ち込んだ表情を見せて謝ったそうだ。今にも泣きそうに、ごめん、と繰り返した。

「嫌いにならないでほしい」

そう言った半沢くんに、ミーナは笑顔を見せてあげた。手を握りしめてあげた。

「嫌いになんかならないよ。大丈夫」

何があったか知らないけど、元気だそうよ。愚痴《ぐち》だったらいつでも聞いてあげるからさ。そう言って、別れたそうだ。

それが、二ヶ月ほど前。でも、確かに何があったかわからないけど、そんなことで自殺したりはしないと思う。

そう言うと、何秒か沈黙があって、ミーナは、もう少しいい？　と訊いてきた。

「いいよ？」

（半沢くんを拒んだのはね）

「うん」

（身代わりは嫌だっていうのは、確かにそうだったんだけど、別の理由があったんだ）

「彼氏ができたとか？」

明るい調子でわたしは訊いた。そういう話は聞いていないけど、そうなのかもと思ったし、暗い話はもうやめて明るい話題に切り替えたかったから。でも、ミーナは違うんだと言った。

(岩村くんと)

「岩村くん?」

(私、岩村くんと会っているんだ。もう半年以上前から)

ときどきは店にコーヒーを飲みに来てくれる岩村くんの顔が浮かんできた。でもそれはだいぶオジサンっぽくなってきている岩村くんじゃなくて、中学の頃の、人を楽しくさせる笑顔の岩村くんだった。

「会っているって」

(そういうこと)

少し、驚いた。いや少しじゃなくて、かなり相当びっくりした。

岩村くん。そしてその奥さんの祐子。旧姓中嶋祐子。二人とも私たちの仲間。


四年前のクラス会のときだ。

二十一歳になる年にクラス会をやろうと卒業のときに約束していた。幹事は委員長だった宮永くんと副委員長だった絵里香に自動的に決まっていて、二人とも今は地元を離れているのに、頑張ってセッティングしてくれた。

楽しかった。卒業以来会っていなかった子もいたし、特に男子は、まるで風貌《ふうぼう》が変わってきてしまって驚いた人もいた。でも、会えばあの頃に戻ってしまって、三時間や四時間があっという間に過ぎていった。

担任だった韮山先生ももちろん顔を出してくれた。もう三十を越しているなんて思えないぐらいの愛くるしいままの笑顔が眩《まぶ》しかったし、変わりなく接してくれるのが嬉しかった。そしてあの頃のように先生と生徒ではなく、大人の女同士でいろんな話ができた。

岩村くんが祐子と結婚することをみんなに報告したのは、そろそろ一次会をお開きにしようかと思っていた頃だった。

一瞬、パニック。きっと声が半径百メートルぐらいに響き渡ったんじゃないかと思うぐらい大騒ぎになった。まさか祐子と岩村くんが付き合っているなんて誰も考えていなかった。よくバレないで交際していたなって感心して、同時になんで言ってくれなかったの！　とみんなが大声をあげたっけ。

明るくていつでも他人をなごませてくれて茶目っ気たっぷりの岩村くんと、地味だけど真面《まじ》目《め》で責任感が強くてこつこつタイプの祐子。並んで立つ二人を見ていると、お似合いの二人だなってみんながそう思った。きっと誰にも言わないで静かに静かに愛を育《はぐく》んできたのに違いない。全員で祝福した。

半年後の結婚式にはみんなでお金を出し合って、お祝いに版画を贈った。そういうセンスではクラス一の宮永くんと絵里香が選んだ、明るくて楽しいタッチのもの。あの二人の幸せな家庭にぴったりのもの。

今は、岩村くんの両親と二世帯住宅で暮らしている。二人の子供にも恵まれて、幸せな家庭を作った岩村くんと、祐子。

「それは、浮気をしてるって思っていいの？」

（うん）

ハッキリと、ミーナは返事をした。ミーナは独身だから浮気というのは当てはまらない。浮気をしているのは岩村くんの方だ。

祐子の顔が浮かんできた。いつもはにかむように下を向いて笑っていた祐子。決して人を引っ張っていくというタイプじゃなかったけど、しっかりと堅実に物事を進めていく祐子。女子テニス部部長になってしまって、少し悩んでいたけど一生懸命練習に取り組んでいた祐子。

地味か派手かの二つで分ければ地味な女の子。十人しかいなかった女子の中で、そういえばいちばん地味だったかもしれない。だからこそ岩村くんと結婚したときにはみんなが驚いたのだ。

ミーナと祐子は、どうだったろうって考えていた。あの頃、特に仲が良かったというわけじゃなかったはず。もちろん同じ仲間として接していたけど、たとえば二人きりになったときに話が弾むということはなかったはずだ。二人でどこかへ出かけるなんてこともなかったはず。

女子のリーダー格だったのは絵里香と遥。美人で頭も良くて、同じく男子のリーダー格だった宮永くんと糸井くんのそれぞれの彼女という役割は自然とそういうふうになっていた。そして行動的なミーナと留美、優しい愛ちゃんとひろっぺ、マイペースなよっしーとひろりん。なんとなくそんな感じで分かれていた。分かれていたというのはそういう組で行動するとかではなくて、ほとんどみんなで一緒だったのだけど、特に気の合う、という意味で。その中で祐子はどこの中にでもとけ込んでいた。逆に言うとどこにも属さなかった。

そういう意味ではわたしとおんなじふうだったのかもしれない。

「どうして」

そんなことになってしまったのか。岩村くんとミーナだなんて、わたしの中では全然結びつかない。

(話、聞いてくれるかな)

「いいよ、もちろん」

ここで終わってしまったらゼッタイ眠れなくなってしまう。

病院で事務をしている岩村くん。岩村くんも地元組だ。勤めているのは総合病院だからミーナも風邪をひけばそこに通っている。もちろんわたしだってそう。岩村くんは奥の事務室にいるから滅多に会うことはないのだけど、たまたまその日は廊下でばったり出会った。

風邪をひいたとか、あいつは元気かとか、そのまま他愛《たわい》ない立ち話をしていた。ミーナはそのときに、岩村くんにどこか覇気がないのを感じていたって言う。

（その日はね、弟たちはクラブの合宿、お父さんは出張でうちは誰もいなかったの）

そういうことも、ただの会話として話した。薬を貰って家に帰っておとなしく寝ていた。目が覚めたときにはもう暗くなっていて、そして誰かがドアホンを鳴らした音で目が覚めたんだとわかった。

（岩村くんだった）

笑顔の岩村くんが玄関に立っていた。仕事帰りに寄ったと言う。

（『誰もいないって言うからさ』って言って、台所であの煮込みうどんを作ってくれた）

「煮込みうどん！」

思わず言ってしまって、二人でくすりと笑った。

岩村くんの作る煮込みうどんはあの頃から有名だった。当時、岩村くんの家には寝たきりになってしまったおばあさんがいて、共働きのご両親を手伝って岩村くんはおばあさんの面倒をよく見ていた。もともとおばあちゃん子で、優しい人だったから。煮込みうどんもおばあさんの言う通りによく作って二人で食べていたそうだ。すっかり得意料理になってしまって、岩村くんの家に遊びに行った子は必ず食べたことがある。私も、一度だけご馳走《ちそう》してもらったけど、本当に美味《おい》しかったのをよく覚えてる。

「ごめんね。わざわざこんなこと」

パジャマにカーディガンを引っ掛けた姿で煮込みうどんを食べながらミーナは恐縮していたそうだ。家庭がある岩村くん。なのに気を使わせてしまったと。

「いいんだ。どうせいつも酒飲んで帰るんだから。これは人助けだからな」

「いつも、お酒飲んで帰るの？」

そうミーナは訊いた。もちろん付き合いはあるだろう。病院事務というのはそういうのも多いという話は聞いていたけど。岩村くんはいつものように少しふざけながら笑って言ったそうだ。

「うちの母ちゃん最近うるさいからな。家にいたくねぇんだよ。ほら、流行りの帰宅拒否症ってやつ？」

大袈裟《おおげさ》に笑ってはいたけど、ふざける調子に隠してはいたけど、それは本音だなってわかったそうだ。

ミーナは少し下がった熱のせいで身体がふわふわしていた。そしてうどんを食べたことで、身体がじわんと少し膨張しているみたいに感じていた。身体中の細胞が柔らかくなったような感覚。気持ちも、まるで水をたっぷりと含んだスポンジのようにくたくたっとしていた。

会話が途切れて、少し寝るね、とミーナは言い、岩村くんもそれがいいと言ったそうだ。

「もう帰るからよ」

岩村くんはそう言って立ち上がった。見送ろうとして同じように立ち上がったミーナは少し足元がふらついた。それを岩村くんは肩に軽く手を当てて支えてあげた。

そこから、手を添えられたそこから急に力が抜けていったような感じがして、ミーナは岩村くんに寄りかかってしまった。自分の湿った体温が岩村くんのシャツに移っていくのがわかったと、言っていた。

(そのまま、ふわふわした身体のまま、岩村くんに抱かれてしまったの)

岩村くんは熱があるミーナの身体を気遣いながら、優しく優しく抱いてくれたという。熱があるミーナは、まるで自分の身体も心も自分じゃないような感覚のまま、抱かれていたという。

(あんなふうに優しいのは初めてだった)

そこから、始まってしまった。

同じ町にいるのだし、小さな町だ。どこで誰に会うかわからないから二人で並んで歩くなんてことは絶対にしない。メールも送受信したらすぐに消す。通話記録も電話が終わり次第消去する。そして会うのはいつも町でいちばん大きなホテルだという。

「どうして?」

(岩村くんはよく接待とかで利用するし、私だってレストランで食事ぐらいはするしね)

一緒にいるところさえ見られなければ、同じ夜にそこに出入りしていても誰も怪しまない。

そうやって、月に一度か二度か三度かの逢瀬《おうせ》を続けているとミーナは言った。

「好きなの？　岩村くんのことが？」

　どうしても、岩村くんとミーナが結びつかなかった。

　わたしは、わたしたちは二人のことをよく知っている。二人は仲が悪いというわけじゃないけど、特に仲良しでもなかった。あの頃、ミーナは岩村くんのユーモアを悪ふざけと感じることが多く、岩村くんはミーナの明るい態度をうっとうしいと感じた。お互いにはっきりモノを言うタイプだったから、ささいなことで教室で口ゲンカをしていた。それをなだめるのが周りのわたしたちだったから。

（よくわからない、かな）

「わからないって」

（私ね）

「うん」

（みんなを、クラスのみんなを、佐衣も含めて、羨ましいってずっと思っていた部分があるの）

「羨ましい？」

（佐衣なんかは、そうやってお店をやって、自分の写真ギャラリーにしたりして、しっかりやってる。雑誌に載ったりもしてる）

　わたしのお店は実家を改造しただけのものだ。特にお金が掛かったわけでもなんでもなく、亡くなったお父さんの保険金なんかで十二分にまかなえた。写真は、趣味でずっとやっていたものを、宮永くんが認めてくれた。

東京で広告の仕事をしている宮永くんは、お店に飾っていたわたしの写真を見て、小さな雑誌の仕事を紹介してくれた。お店に売ってるような雑誌ではなく、教育教材関係で、会員になった家庭に届けられる小雑誌だ。

小学生の子供と親のためというコンセプトで作られている雑誌だから、家族を紹介したり子供たちの生活を取材したりという写真が多い。

「佐衣の撮る子供たちの写真には独特の柔らかさがある。その柔らかさが、この雑誌にはピッタリだと思う」

そう言って紹介してくれて、今は三ヶ月に一回発行されるその雑誌の専属カメラマンをやっている。季刊だから全然忙しくはないし、楽しい。なんの制約もなくただわたしの思う通りに撮ればいいから。他の制約がある本格的な仕事を受ける腕なんかないって自覚してる。だから、そういう意味では、ギャラこそ貰っているけどプロではなくアマチュアだ。そう思ってる。

(それでも、すごくいい仕事をしている)

ミーナはそう言った。他のみんなもそれぞれに家庭を持ったり好きな仕事をしたり自分の夢に向かって頑張ったりしている。でも、自分はこうやって家族の世話に追われてもう二十五になってしまっている。仕事もしないで家に閉じこもっている。

(それがイヤってわけじゃなくて、自分で決めたことだから。でも)

心の中のどこかで自分の境遇を恨んでいた部分はある。他のみんなを羨んでいた。ずっと。

(岩村くんに抱かれたのも、何かそういうのがあったかもしれない)

ミーナの声が少し震えていた。今までずっと隠していた自分の心の暗い部分。幸せそうな祐子に嫉妬《しっと》を感じたこともある自分の心。愛しているとか大好きとかそういう感情は一切なしで、ただただ、相手の所有物を自分が奪っているという感覚。岩村くんが家に帰りたくないと、祐子を、妻を疎《うと》ましく思っている部分を自分が引き受けているんだという優越感。

ミーナの嗚咽《おえつ》が聞こえてきた。初めて聞く、ミーナの、大人のミーナの心の吐露。

(私、なんでこんな嫌な女になっちゃったんだろうって)

「ミーナ」

それで。

それでミーナは半沢くんを拒むことができた。身体ごと慰めてほしい男。二人も引き受ける気にはなれなかった。

そして、半沢くんの死の原因じゃないかと考えたのは。

(さっき、半沢くんを拒んだって言ったけど)

「うん」

(この間、一度だけ、抱かれたの)

「えっ!?」

二週間ほど前、岩村くんがホテルの予約を入れていて、ミーナは一足先に部屋に入っていた。でも、急な接待が入ってその日は駄目になってしまった。なんとなくわかっていた。その日は岩村くんと祐子の結婚記念日だったから。

「そんな日に？」

ミーナがそうしたわけじゃない。岩村くんの方から言ってきたことだったそうだ。だから、ミーナは何か特別な思いが岩村くんの中にあるんだろうって考えていた。それはたとえば離婚とか。ミーナを選ぶとか、そういうこと。

(それならそれでもいいかって思っていた)

そんなことになったら、間違いなくわたしたちとの繋がりが、切れる。そこから何かが壊れていく。二十一人の仲間から自分と岩村くんが離れていくかもしれない。

(それでもいいって、思った。そうなったらあの水晶も割ろうと思ってた)

水晶。

水晶の板。

卒業式の日。韮山先生がプレゼントがありますと言って、わたしたち全員に配ってくれたもの。大きな水晶を輪切りにカットしたものに、先生の手彫りで出席番号が彫ってあった。

「本当は名前を彫ろうと思ったんだけど、難しくて失敗しそうで。ゴメンね」

そう言って笑っていた。なんでも水晶はお祖父さんに貰ったものだそうだ。直径二センチぐらいの水晶の板にピッタリのサイズの革の小袋も付けて、先生は一人一人に声を掛けて配ってくれた。

二十一人の、仲間の証し。

だから、私が持っている水晶には〈20〉という数字が彫ってある。ミーナのには〈12〉。岩村くんは〈3〉。そして祐子は〈16〉。

わたしはその水晶が入った革の小袋をいつでも持ち歩いている。お守り代わりになってしまっていて、もう革もくたくたになってしまっている。大切に大切にしてる。それは他のみんなも多かれ少なかれそうだと思う。

それを、割るというのは。

本当に、強い思いだ。そう思った。

それほどの思いをミーナは抱えていた。


でも結局岩村くんは来なかった。やっぱりね、と思いながらミーナは岩村くんからのメールを消去して、そのまま、半沢くんにメールをした。

(私は、最低のことをした。半沢くんに)

ホテルの部屋にいるから来てほしいと半沢くんを呼びだした。そして、半沢くんは来てくれたそうだ。部屋のドアを開けたときの半沢くんのとまどっていた表情は今でも忘れられないって、ミーナは泣きながら言った。

(私を抱ける？　って。そう言ったのよ、私。半沢くんに)

何も言わずに半沢くんはミーナを抱きしめた。そのままベッドに倒れ込んで、二人きりのことに熱中した。今まで感じたことのない、まるで知らなかった半沢くんの荒々しさと、自分でも驚くぐらいの自分の奔放さと。

まるで、お互いに何かをその場で叩き潰《つぶ》し合うような、心の中にある何かを無理やりに引きずり出して、粉々にして消し去ろうとするかのような行為。

セックスなんかじゃなかった。

言ってみれば、破壊衝動のようなもの。

夜の十時を過ぎる頃、ミーナは帰り支度を始めた。それまで、ずっとベッドに二人で並んで天井を見上げていたそうだ。何も話さずに、何も言わずに。でも、帰り際にミーナは半沢くんに言った。

(これっきりにしようねって)

自分でも、勝手だとわかっていた。そう告げたときの、半沢くんの瞳は淋しそうに、どこか揺れているような気がした。

(あのとき、半沢くんにそんなことを言わなかったら)

半沢くんは死ななかったと思う。ミーナはそう思ってしまう、と、語尾を濁らせた。また涙が溢《あふ》れてきたのがわかる。

　ミーナはどこから電話をしているんだろう。あの家では、こんな大きな声で泣いていたらお父さんや弟さんたちに聞こえてしまう。そういうのを、自分の弱さを家族に見せるのをミーナはいちばん嫌っていた。

「ミーナ、何処《どこ》に居るの？」

　カラオケボックスの名を告げてきた。そうか、さっきから小さく聞こえていたのはテレビやCDの音じゃなかったんだ。

　独りで、カラオケボックスで、半沢くんのことを考えていた。そしてわたしに電話してきた。ミーナの小さな背中が、目の前に浮かんできた。半沢くんの死に、自分に責任があるんじゃないかって思ってしまったミーナ。

　何て言えばいいのか、一瞬悩んで、でもきっと何を言ってもミーナがそう思ってしまったのは変えられないんだ。

　慰めるつもりはなかった。かといって、ミーナの行為が腹立たしいとか、そういうのもなかった。わたしにはまだそういう経験はないけれども、理解はできるような気がする。

　ミーナが、自分の境遇を恨んでしまうことも、他の皆のことを羨んでしまうことも、そういう感情はするっとわたしの中にも入ってくる。

　岩村くんに抱かれたのも、半沢くんを身代わりに呼びだしたことも、受け入れ難いことではなかった。変な話だけど、初めてミーナが同級生ではなく、〈twenty one〉の仲間ではなく、一人の女性なんだなって思えた。

「ミーナ、聞いてる？」

（うん）

「それは、そういうことは、ミーナがしてしまったことは誰にでもある部分だよ。ミーナだけが特別じゃない。わたしにだって誰の心の中にだってある」

たとえば、これは女子なら、絵里香以外はみんなが知っていることだけど、わたしが宮永くんに片思いだったこと。宮永くんが選んだ絵里香に対して嫉妬したこと。彼女が持っている才能も羨んだこと。今はもうその感情を消化できているけど、何かが狂えばわたしだってミーナのようなことを、してしまった可能性はある。これからも、ないとは言えない。

（うん）

「きっと、慰めても、ミーナのせいじゃないよってわたしが言っても、ダメだよね？」

（そうだね。そう思っちゃったんだもん。そして、たぶん、絶対）

ミーナはそこで言葉を切った。そうなんだ。わたしも、そう思う。

きっと、もし、そのときにミーナが半沢くんにそんなことを言わなかったら、半沢くんはそれから二週間後に自殺なんかしなかった可能性はある。男と女の関係になったなら、たとえ後悔したとしてもしばらくの間はその状況に流されることはできる。流されている間に、何かの傷は癒えなかったとしても、かさぶたぐらいにはなるんだと思う。新しく傷ができたとしても、それはまた別の傷だ。それに、ひょっとしたら、幸せな日々が続いたかもしれない。ただの同級生からただの男と女になって、新しい暮らしが生まれたかもしれない。

男と女は、どんなことになってしまうか、わからない。それがうっすらとわかるぐらいには年齢を重ねたと思う。

「じゃあ、そう思って、泣こうよ」

無責任な言い方かもしれないけど、そんな言葉しか思いつかなかった。

「半沢くんと、ひょっとしたら幸せな日々を過ごせたかもしれない。でもできなかった。自分は、嫌な女だったごめんねって謝って、泣いて泣いて泣き尽くして、それで済ませちゃおうよ」

残された者は、それしかできないって思った。間違ってるだろうか。でも、それしかないんじゃないだろうか。

ミーナは、どんなに辛いときでもユーモアを忘れない子だ。そうじゃなきゃ、中学生の頃から一家の主婦代わりを続けられるはずがない。だから、続けた。

「ミーナがおばあさんになって、そして死んじゃったら、今度はあの世で思う存分ベッドの中で楽しもうって」

少し笑うのがわかった。

(おばあさんの私じゃ半沢くんが嫌がるよ)

「大丈夫、死んじゃうと若いときに還《かえ》るって言うじゃない。ひょっとしたら中学生のミーナを半沢くんは抱けるかもよ」

(ロリコンかよ)

今度ははっきり笑うのがわかった。泣き笑いしているミーナの顔が浮かんできた。

それから、小さくありがとうって聞こえてきた。

(少し、落ち着いた)

「大丈夫だよ」

(ごめん、変な話ばかりして)

それもこれもきっと弔い事になる、と昔祖母に聞いたことがある。なんでも話しちまいなさい、全部が供養になるからと祖母は言っていた。半沢くんのことがあってミーナは話す気になったんだろうから、それもいいんだろうと思ったから。

「お通夜、行くよね?」

少し沈黙があった。

(行けそうにもないって思ってたんだけど)

「うん」

半沢くんの遺影に手を合わせて、そして皆で久しぶりに会って、きちんと半沢くんを送ってあげよう。そうすることを約束した。

電話を切って、溜息をついた。

なんて日なんだ！

二時間ドラマを三本ぐらい続けて観てしまったような重さと疲労。でも、これはドラマじゃない。現実に自分の身の回りで起こっている事実なんだ。

ミーナと半沢くんと岩村くんと祐子の顔が浮かんでは消えて、ぐるぐるぐるぐる頭の中を廻っていた。あの頃の皆の顔が浮かんできた。何も変わっていないのにどんどん周りが変わっていって、わたしたちはそれに巻き込まれるようにしてあちこちに流されて、どこかで出会ったときにはそれぞれに違うものを身に纏《まと》っている。

半沢くんは、どうして死んでしまったんだろう。

ミーナにそういうふうにされたことが直接の原因じゃないって気がする。そんなことは、ない。

きっとその前に、ミーナに甘えるようにすり寄っていかせた何かが原因なんだろうなって考えた。だとするとそれはやっぱり別の女性とのことなんだろうか。

半沢くんに恋人はいたんだろうか。そんな話は聞いたことがなかった。あれだけきれいな顔をした男性なんだからかなりモテたはず。実際、バレンタインデーには他校の女生徒から嘘でしょ！　と思うぐらいチョコレートを貰っていたし。

でも、彼女がいるという話は今の今まで聞いたことがなかった。あいつはゲイじゃないかって噂が立ったぐらい。実際にはかなり遊んではいたようだけど、特定の彼女を作ったことはなかったみたいだ。

いちばん親しいのは、誰だったろう。

半沢くんは音楽でご飯を食べていこうと思っていた。ずっと東京でライブ活動を続けていたらしい。やっぱりミュージシャンになったリュウジといちばん親しかったんだろうか。とすると、宮永くんや糸井くんたちともよく会っていたんだろうか。そういえばわたしは半沢くんにはしばらく会っていなかったんだ。

訊いてみようか、宮永くんに。

電話をして、ミーナのことは伏せておくにしても、女性関係で何かあったのかどうか。宮永くんだったら、あの人だったらきっといろいろなことに気づくはずだ。

でも、あの半沢くんが女性関係で悩んで自殺なんかするだろうか。

わからない。

「……片付けなきゃ」

そう呟いて、テーブルの上のマッチのタワーをバラッと倒した。また、あの日の記憶が甦《よみがえ》ってきた。それを頭の中でなぞろうとしたときに、携帯が鳴った。

今度は、祐子。

ドキッとした。さっきミーナからあんな話を聞かされたばかりなのに。このタイミング。

「もしもし？」

(佐衣？)

「うん。どうしたの？」

こんな時間に、お母さんの祐子が。

(今、下に居るんだけど、いい？)

「下？」

慌てて携帯を耳に当てたまま、ブラインドを開けた。街灯に照らされて、祐子の軽自動車が停まっていた。


「ごめん。こんな時間に」

「わたしは全然かまわないけど」

お母さんである祐子がこんな時間に、日付が変わってしまった時間に外出なんて。もっとも車を使えば五分で着く距離ではあるけれど。

「子供たちはもうぐっすりだから、大丈夫。お父さんに頼んできたし」

俯《うつむ》き加減に話す祐子。お父さんとはもちろん岩村くんのことだ。さっき話したばかりのミーナとの会話が生々しく甦る。さすがに、平静を装うのに苦労していた。落ち着かなくちゃ。祐子は何も知らないはず。でも、何かを知っているんだろうか。

「どうしてもね、気になることがあって」

「気になる」

「半沢くんのことで」

「半沢くん?」

　第一報は、岩村くんのところに入ったそうだ。そういえば半沢くんのお父さんと岩村くんは同じ職場だ。その繋がりで岩村くんのところにまず連絡が入った。電話を持ったまま絶句してしまった岩村くんの様子を見て、何が起こったのかと祐子は不安に包まれ、岩村くんが「晶が死んだ」と言った瞬間には、まるで天地がひっくり返るような衝撃を受けたという。

「ひょっとしたら、生きているときの半沢くんと話したのは、クラスメイトの中で私が最後なんじゃないかと思って」

「祐子が?」

　わたしはさっきから、宮永くんの電話からずっと驚いてばっかりだ。頭の中がはてなマークとびっくりマークで埋め尽くされそうになっている。

「電話があったの。昨日」

夕方の、五時過ぎ。晩ご飯の支度をしていたときに携帯が鳴った。半沢くんの名前が表示されて、あれ珍しい、と思った。いつもは夜に岩村くんが居るときに電話してくるのにって。

「もしもし」

(祐子?)

いつもの、変わりない半沢くんの声だったそうだ。いつものように近況報告をし合った。それも何も変わりなかったという。

「お父さんはまだ帰ってないんだけど、後で電話させる?」

(いや、いいよ。祐子が元気なら岩さんも元気なんだろうし)

ちょっとだけ、間が空いた。もともと祐子と半沢くんで会話がそんなに弾むはずもない。

(祐子さ)

「うん」

(もう二人の子供のお母さんなんだから、強いよな)

唐突だった。何を言い出すのかわからなくて、返事に困った。

(あの頃の祐子よりさ、ずっとずーっと強いよな。子供が大きくなるまで守らなきゃならないんだから)

うん、そうだね、と祐子は答えた。もちろんそれは自分でもそう思っていたし、ひょっとしたら何か歌詞のヒントにでもしようとしているのかって思ったそうだ。それまでも半沢くんはときどきそういう質問をしてきたから。たとえば、内気な女の子だったらどんなふうに感じるかな、とか、そういう話を。

だから、これもそうなのかと。

「子供産んでね、初めてわかったことって一杯ある。今まで知らなかった自分を見つけることもあるし」

だから、あの頃よりは、中嶋祐子より岩村祐子はずっと強いと思うよって答えた。

（そっか、じゃ大丈夫だな）

何が大丈夫なんだろうか。半沢くんは続けた。

（何があってもさ、仲間のままでいろよ）

「え？」

（みんなでまた会えるように）


「そう言って、じゃあなって電話を切ったの」

今にも泣きそうな顔をして祐子がわたしを見た。

「そのときはいきなり変なこと言うなぁって思ったけどご飯の支度の途中だったし」

子供もいる。まだ三歳と二歳。お義母《かあ》さんが同じ家に居て面倒を見てくれるとは言っても、お母さんにはやることがたくさんある。それにもともと半沢くんは感傷的なことをよく口にしていた。そういう人だった。だから、そのままにしておいた。

「お父さんにも、半沢くんからいつもの電話があったよって伝えただけで」

それで終わらせてしまった。

「もし、もしあのとき、半沢くんの様子が変だって思って誰かに言っていたら」

岩村くんや、あるいは同じ東京にいる宮永くんやリュウジに電話していれば半沢くんは死なずに済んだんじゃないかって。あれは、半沢くんの最後のサインだったんじゃないかって。

「私が、私が半沢くんを死なせたんじゃないかって」

祐子の眼から涙がぽろぽろぽろぽろこぼれてきた。身体が小さく震えていた。言えなかった。岩村くんには言えなかった。どうしようどうしようってずっと考えていて、それで思い余ってわたしのところに来た。いちばん近くにいる、二十一人の仲間の一人。

「祐子」

傍に行って、抱きしめてあげた。祐子がわたしの肩に頭をくっつけて、泣き出した。声を押し殺して涙を流している。わたしのシャツに涙がしみ込んできてそこだけほのあたたかくなった。

わたしもきっと同じような顔をしていた。泣きそうな顔。でも、祐子とは違う意味で。

半沢くんは、ミーナが岩村くんと会っていることを知っていたんじゃないかって思った。たぶんそうだ。どうやって知ったのかはわからない。ひょっとしたらミーナが口にした言葉から察したのかもしれない。

だから、自分がいなくなる最後に祐子に伝えてきたんだ。
何があっても、仲間であることをやめるな。やめないでほしい。
自分は、そこからいなくなってしまうけど他のみんなはそのままでいてほしい。

それは、わがままだよ、半沢くん。

きっと、明後日の葬儀には、泣いてしまうんだろう。今はまだ我慢できるけれど、祭壇に飾られた半沢くんの遺影を見たら我慢できないと思う。半沢くんがもうここにいないということを、改めて感じてしまって。

ひょっとしたら、その後にみんなが集まって話をして、さらに知りたくない事実がそこで誰かから語られるのかもしれない。宮永くんたちだったら、自殺の理由が何もわからないままにしておくはずがないような気がする。

そこで、二十一人の仲間が、残された二十人の仲間の絆が壊れてしまうような事実が明らかになるかもしれない。そんな気もする。

それでも、彼が、半沢くんがわたしたちの前から姿を消してしまったという悲しみに、変わりはない。

もう会えないんだという喪失感は消えることはない。

消えてしまうものは、きっと、半沢くんとこの後の人生で、仲間でいられることで得られたかもしれない未来だ。ひょっとしたらありえたかもしれない別の日々の輝きだ。

それは、将来に半沢くんが作った家族と、わたしが得た家族との温かい触れ合いの日々かもしれない。

あるいは、誇りに思いたいことを成し遂げた半沢くんと、仲間でいることの喜びかもしれない。

仲間に恥ずべきことをしてしまった自分か、あるいは半沢くんに対する怒りの気持ちかもしれない。

良いことであれ悪いことであれ、そういうことが、ありえたかもしれない半沢くんとの日々が、永遠に失われてしまったんだ。

これからは、もう二度と、半沢くんには会えない日々が続いていく。

そういうものが、悲しくて、わたしたちは泣くんだ。泣いて、悲しんで、それでもいつか、いつもの暮らしに戻って歩いていくんだろう。

彼がいなくなった、別の日々の輝きを求めて。

二〇〇五年七月一日　午後九時十二分　松元俊和・留美

「あの、バカ！」

本当は受話器をガチャンと叩きつけたかったんだけど携帯だからそうもいかなくって、携帯を持った手を振り上げて、振り下ろすだけになっちまった。昔の俺ならそのまま床に叩きつけたんだろうけど、そうしなかったのは、やっぱりそれだけ歳取ったってことだ。

でも、マジで怒りが最初に込み上げた。

宮永からの電話。久しぶりだと思って陽気におどけて電話に出たのに、これかよ。こんなことなのか。

「どうしたの？」

留美が驚いたような顔をして俺を見た。なんでかわからないけど、急にあぁこいつもあの頃と全然変わんないよなって思って、その途端に怒っていたはずなのに涙がぶわっと込み上げてきて眼から溢れ出した。

あの頃の皆の顔が浮かんできた。宮永も糸井もリュウジも金吾もタカシも、岩さんも翔も尚人もコウヘイも。

そして、晶の姿が浮かんできた。中学校の制服を着た、きゃしゃで女みたいにきれいな顔をした晶の姿。

バカ野郎、バカ野郎バカ野郎。

「あのバカ、晶、あのバカ！」

留美は慌てて傍に寄ってきて、俺の手を摑んだ。俺と留美の背は同じぐらいだ。もう少し大きくなりたかったんだけど、中学校の頃からほとんど伸びていない。

「半沢くんから電話？　どうしたの！」

留美の声が、落ち着きなさいと言っている。落ち着いて、何があったのか言いなさいと。

「晶が」

声にならない。そんな台詞を言いたくないって咽《のど》が、身体全部が拒否しているみたいだ。

「半沢くんが？」

「死んだ。自殺した。今、宮永がそう言った」

留美の眼が、大きくなって、唇が何かを言うように開いたまま、動かなかった。

「ウソ」

「ウソなんか言うかよ。宮永が、あいつが、電話でこんな冗談言うかよ」

留美の眼はまだ大きくなったままだ。

まるで、二十一歳のときに、俺がプロポーズしたときみたいだ。あのときもこんな眼をしてしばらく固まっていたっけ。


俺と留美のなれそめを説明するのは簡単だ。

「中学のときの同級生」って言えばそれで済む。大抵の人は「へぇ！」と軽く驚いて、そしてその後に「同級生同士の結婚かぁ」って喜んだりするんだ。そんなに珍しくはないだろうけど、そうそうあるもんじゃないとも思う。冗談混じりで「よく飽きないね」って言われるけれど、そんなときには俺も留美も頷いてやる。実際まだ飽きないし、それに、俺たちはただの同級生っていうだけじゃないって言いたくなる。

そう、中学のときの同級生なんだけど、それだけじゃない。

俺たちは、〈21〉で繋がった仲間。


俺と留美が、そしてその他の十九人の仲間がクラスメイトだった榛中学校は、統合されてなくなって、校舎は地域活性化のための施設として生まれ変わったんだ。実際俺たちも体育館を使うことはよくある。商店街の若い連中と作ったバスケットボールのチームは月に二回の練習をやってる。たまに地元に帰ってきた仲間の誰かが参加することもあって、懐かしぃーって叫びながらニコニコしながら体育館を走り回るんだ。

子供が少なくて一クラスしかなかった。入学式の日、俺は背が低かったからいちばん前で後ろを振り返りながら一、二、三、って人数を数えていたっけ。全部で二十一人かーって呟いてた。それで、担任になった若くて可愛くて男子の間でも憧れの的だった韮山先生が、いちばん最初に言ったんだよ。ニコニコしながら、少し興奮しながら、まるでガキみたいにさ。バカじゃないかと思ったけど、でもそう思った次の瞬間にはなんかワクワクしていたんだ。そうなのか！　ってさ。ホントに、バカみたいだけど。

でも、そうなっていったんだ俺たちは。

一生の、友達だと思えるほどに。

二十一世紀に、二十一歳になる、二十一人。

俺たちは、21・21・21。〈twenty one〉だ。

「間違い、ないの？」

「間違えるかよ、こんなこと」

その途端、留美の携帯電話が鳴った。ディズニーが大好きな留美は着メロにディズニーの歌ばっかり選ぶんだけど、今は『星に願いを』だった。願いたかったよ。さっきの電話は嘘だっていう連絡であってくれって。

留美は慌てて携帯を手に取って表示を見て、頷いた。

「宮永くん！」

耳に当てると同時にそう叫んで、そして、それから何も言わなかった。固まったようにその場に突っ立って、じっとしていた。電話の向こうの宮永の言葉を聞いていた。

「本当なのね」

宮永はきっと留美が信じられないって騒ぐのがわかったんだ。だから、タイミングを見計らって連絡網の順番を無視して留美に掛けてきた。いやそもそもあいつだったら端《はな》っから連絡網通りに廻したりしない。きっと時間やタイミングや電話をする相手の性格とかもちゃんと考えて、告げて廻っているんだ。

晶が死んだことを。

思わず首を横に振った。宮永はずっとそういう役回りをやっていくんだろうか。そうなんだろうな。感心する。

俺とあいつは基本的な部分で反りが合わなかった。基本的な部分っていうのは、なんていうか、生まれ育ちって言えばいいのか。

宮永の家は地元の名士だ。ここら辺りで生まれて育った奴なら誰でも山裾にある大きな宮永の家を知っている。そこの跡取りである宮永のことも。そしてあいつはその名に恥じずに成績も良かったし見た目もそこそこ良いしスポーツもけっこうこなす。有名大学にも入ったし東京でコマーシャルを作ったりして派手そうな仕事をやってる。

その逆で俺は典型的な庶民だ。家はずっと地元の元町商店街の一角で金物店をやっていて、そういう意味では宮永と同じで誰でも知ってるけど、俺は背も低いし成績は下から数えた方が早かったし高卒だし見た目も全然普通だし。

そう、ひがんでいたんだ。宮永はいつも俺をコンプレックスの塊《かたまり》にさせた。いっそ嫌な奴なら良かったのにまたこれが人間的にもできた奴で、良い奴なんだ。

だから、反りが合わなかった。合いたくなかった。

けど、あいつは信頼できる。

世の中でいちばん信頼できる人は誰ですかって訊かれたら、俺は迷わずに「宮永恭介」と即答する。親よりも兄妹よりも相方になった留美よりも。

小学校の頃からずっと一緒で、そしていつでもどこでも中心人物だった。自分から統率するんじゃなくて誰もが宮永をリーダー役に推して、あいつはそれを軽々とこなしていった。誰にでも優しいし、行動力もリーダーシップもある。

あいつが何かをやろうと言いだしたら俺は真っ先に賛成した。なんか、歪んでいるかもしれないけど、後れを取るのはわかっていたけど、いつもあいつの後を全速力でついていきたかった。全速力でも負けるってわかってるのに、負けたくなかった。

そうだ、俺たち二十一人を本当の意味で強く結びつけたのも宮永だったな。

一年生の六月だ。季節外れの台風の翌日。

土曜日で学校は休みだったんだけど、朝の七時過ぎに宮永から電話で、韮山先生の家が大変なことになってると言ってきたんだ。先生の家は随分古くて、庭なんだか裏手の山の林なんだか境目がわからないぐらいのところに建っていた。一人娘で、まだ親も生きているけどその日は夫婦で旅行に行っていて韮山先生しかいなかったらしい。

宮永の家と先生の家はけっこう近い。宮永が犬の散歩の途中で先生の家の方をふと見ると、先生が玄関脇に立ちすくんでいたので行ってみた。すると、大きな樫《かし》の木が倒れていて家の屋根を直撃していたんだ。「あら、宮永くん」って言った先生の顔は寝不足と悲嘆と恐怖で引きつっていたそうだ。

宮永は犬を引きずるようにして飛んで家に帰ると、すぐに皆に電話をした。

「男子は軍手を持って、女子はエプロンと雑巾を持って先生の家に集合」

幸いクラスメイトそれぞれの家にはまったく被害はなくてさ、それから十五分後には、全員集まって先生の家の復旧作業が始まった。

ひょっとしたら、韮山先生っていう存在がなかったら、俺たちもこんなにまとまりはしなかったかもしれない。

当時でまだ二十六歳っていう若さと、そして教師という職業を選んだのは絶対失敗だろうって思うぐらいの天然ボケぶりと。

男子も女子も、明るい笑顔が似合う韮山先生が大好きだった。

俺は宮永に言われて家から使っていい鉈《なた》やら鋸《のこぎり》やらをありったけ持っていった。金吾はキャンプ道具一式を持ってきて、庭にタープを張ってガスコンロを設置して、そこを野戦キャンプさながらに作り上げた。女子たちは雨でぐちゃぐちゃになった先生の家の中を何十枚もの雑巾を使って拭いていった。

そのときはそんなにも意識してなかったけど、きっと俺はなんでも宮永に注目が集まるのが嫌だったんだろうな。店から持ちだしたチェーンソーで倒れた樫の木を切ろうとしたんだ。

もちろん金物屋の息子だからってそんなもの扱ったことがあるわけじゃない。でも、言ってみりゃ指示を出す現場監督に張り合っていた職人の頭《かしら》みたいな気になっていたのさ。

危ないからやめろって言う宮永に「大丈夫だ！」って意地を張って、おっかなびっくり木を切っていったけど、本当に冷や冷やものだった。他の男子は切り取られた樫の木から枝を払って運んでいった。後から親父にさんざん怒られたっけな。

身軽な連中は屋根の上に登って壊れた瓦《かわら》を剝《は》がして、とりあえず板やビニールシートで修復していった。女子は家の中の濡れた畳を剝がして庭に持ちだして乾かした。

そういった、ほとんど全部のことが、宮永の適切な指示で動いていったんだ。本当に大した奴だと思う。

台風一過の気持ち良い青空の下、朝から夕方まで、近所の人が差し入れてくれたおにぎりを食べたり、ペットボトルを廻し飲みしたりコンビニにおやつを買いに行ったり、わいわい言いながら俺たちは動き続けた。誰一人文句を言う奴はいなかったし、皆が笑顔だった。

翔が言いだしたんだけど、チェーンソーで切られた丸太を薄くスライスして、二十二個用意した。そのときにはすっかり扱いにも慣れて、皆に上手いって褒められながらいい気になって切っていった。そこにそれぞれ名前とか顔らしきものを彫り込んで積み上げ、いちばん上には少し大きめのものに、韮山先生の似顔絵を彫ったものを置いた。ちょうど当時の俺たちの身長ぐらいの不格好なトーテムポールのようなもの。

それは、今も韮山先生の家の庭にある。

カメラ小僧だったタカシは一日の様子をずっと写真に撮っていた。俺たちの帰り際に「ありがとう、本当に本当にありがとう」ってお礼を言いながら感極まって泣きだしてしまった韮山先生の泣き顔のベストショットは、ほとんどの男子がこっそり焼増ししてもらっていた。

そう、その写真は今でもどっかにあるよ。この家に。

「私、あなたたちの先生で良かった」

もう涙と鼻水で声にならない声でそう言った韮山先生に、俺たちも思ったよ。この先生のクラスで良かったたって。

この二十一人の仲間で良かったなって。

留美が、下を向きながら携帯を耳から離してボタンを押した。小さく息を吐いた。さっきから俺たちは居間の真ん中で突っ立ったままだ。

留美が俺を見た。

「本当だって。半沢くんが、死んだって」

留美が唇を噛んだ。そしてテレビの横の台に置いてあるメモ帳を取りに行って、何かを書きだした。通夜や葬式の日時。忘れないうちにと呟きながら。

通夜。葬式。

晶の。

なんで、なんでそんなものがあるんだ。

留美がメモを書き終わって顔を上げて俺を見た。俺はまだ携帯を握りしめたままで、留美が手を伸ばしてきて俺の右手を握って少し微笑《ほほえ》んだ。

「座ろう?」

小さく頷いてソファに、留美の隣にどさっと座り込んだ。それで、やっと俺はあぁ、って言いながら息を吐いたんだ。まるで今まで息をしてなかったみたいに大きく吐いて、大きく吸い込んで、また吐いて。携帯をテーブルの上に置いた。

「詳しいことはわからないけど」

「うん」

「岩村くんから電話があったんだって。岩村くんのところにまず連絡が来たって」

岩さんは、晶の親父さんと同じ職場だからな。だからだろう。

「お通夜、行かなきゃ」

「あぁ」

メモを見た。さっき宮永が言っていたんだけどまるで頭に入らなかった。明後日の夜がお通夜。今日は七月一日の金曜日。あさっては日曜日。葬儀は月曜日。店は第一第三火曜が定休だ。それ以外は店を開けている。でも、親父とおふくろに頼んでおけば大丈夫だ。いくら俺が三代目で後を継いだっていっても、まだまだ店は親父のものだ。親父が培ってきたものが根本になっていて、俺が開拓したものはまだほんの少ししかない。

松元金物店の三代目はよくやってる、と商店街で評判にはなっていても、まだまだだ。

「スーツ、あったっけ」

何も頭に浮かんでこないのに、そんな台詞が出てきた。

「ある。去年買ったじゃない。水戸の叔母さんのお葬式のときに」

「あぁ」

そうだ。冠婚葬祭用に隣町の大手の紳士服の店で買った。本当なら同じ商店街のテーラー寒川さんのところで買わなきゃならないところだけど、結婚式の礼服を頼んだしそうそうオーダーメイドでスーツを作れるような身分じゃないから勘弁してもらったんだ。

洟《はな》をすすったら留美がティッシュを寄越した。二枚取って洟をかむ。流した涙はもう乾いた。涙を流すなんて、映画やテレビを観る以外では何年ぶりなんだ。思い出せないぐらい長い間、こんな涙を忘れてた。

「仲、良かったもんね」

「うん」

「半沢くんとしょっちゅうどっかへ行ってたよね」

「あぁ」

そう、あの頃の晶といちばん一緒に居たのは俺だ。背の低いもの同士でいちばん前にどっちが並ぶかをいっつもじゃんけんして決めていた。あいつはジャンケンが弱くて大抵は俺が二番目に並んであいつの。

また何かが込み上げてきて、こらえた。

そうだ、あいつの後頭部を眺めていた。きれいな形の頭を、整った髪形を、真ん丸だったぐりぐりを眺めていた。たぶん、あいつの頭の形をしっかりと覚えているのはクラスでも俺ぐらいだろう。

「なんで」

死んだんだ、という言葉を飲み込むと留美が眼を伏せた。わからない。いったいなんだって死んだんだ？　自殺？　どうしてだ。

反射的に携帯を握っていた。岩さんの番号を探して、通話ボタンを押した。

「岩さん？」

（まっちゃんか）

ガサゴソと音がして、どこかへ移動したような気配があった。

「宮永から電話があった」

（あ？　あいつが皆に電話してんのか？）

「決まってんだろう。あいつがこんなことを誰かに頼むかよ」

それで思い出した。連絡網は糸井がいちばん最初だ。たぶん、糸井が宮永に電話したんだ。自分で連絡網で廻すのをためらったんだ。そうに違いない。あいつは良い奴だけどちょっとそういうのに弱いところがある。すぐに宮永を頼ってしまうんだ。糸井と宮永は、なんていうか、兄弟みたいだった。

（そうか）

「なんで、死んだんだ？」

（わからん）

即答だった。誰かから電話が来たときのために、返事は用意してあったんだろうな。もう何人からか電話があったのかもしれない。

（俺も親父さんから聞いて、原因とかは何も訊けなかった。ただ）

少したためらったのがわかった。

(けっこうキツイぞ？　どうやって死んだのかは聞いたから、知ってるけど)

「言ってくれよ」

小さく、咽の奥で音を立てた。

(首吊り自殺だ。教室で首を吊っていた。俺たちの、あの教室で)

「教室で？」

俺が叫んでしまって、それに留美が反応した。教室って言葉を聞けば、晶が教室で死んだことがすぐにわかるだろう。留美が口に手を当てて、眼を丸くしていた。

「教室で首吊ったって？」

(そうらしい。発見したのは管理している職員だ。それだけだ。俺が知ってるのは)

それで、もう話すことがなくなった。通夜と葬儀の時間をただ確認して、明後日会おうと言い合って、電話を切った。

どんな理由があって教室で自殺なんかした。どうして、俺に何も言わなかった。他の誰かに訊いても何もわからないのか。誰かいったい何があったのか知らないのか。二十人もいて心当たりがある仲間はいないのか。そう思いながら携帯の電話帳を次々に開いていたら、留美が手を伸ばしてきた。顔を見ると、少しだけ首を横に振った。

「しばらく、やめよう？」

他の皆も何も知らないはずだよ。とりあえず、落ち着こう？　そう眼で言っていた。

「ごめん」

ちょっとだけ笑って留美は頷く。

「お茶、飲もう？　コーヒーの方がいい？」

時計を見たら九時半近かった。酒は飲めないから晩酌の習慣はないんだけど、無性にアルコールが欲しくなったけど、やめておいた。何も考えられなくなる。アルコールが体質に合わなくて、すぐに身体がかゆくなって気持ち悪くなって吐いちまうんだ。そんなふうになったら何も考えられない。いや、何も考えない方がいいのか？

「コーヒー」

留美が頷いて台所に立っていった。後ろ姿を見ながら、ソファの背に凭れかかった。

確かに、最近は全然会っていなかったんだ。晶は東京に出ていったし、俺は地元で店を継いだし。中学の頃のいちばんの親友だったはずなのに、高校を卒業してからはあまり会うことはなかった。電話して会おうって話せば支度する時間をいれても二時間あれば余裕で会えるけど、意外とその距離感が微妙だった。いつでも会えると思うと、意外と会わなくなっちまうんだ。

でも、電話ではよく話していた。携帯の通話記録を調べれば電話で晶といちばん話しているのはきっと俺だ。

よくあいつから電話を掛けてきた。新しい曲ができたから聴いてくれって、一曲歌い終わるまでライブを聴かされた。その度に俺は「いいじゃん！」って答えていたんだ。本当に、いいって思っていたから。絶対にそのうちに売れて、自慢できるって思っていた。「こいつ、俺の友達なんだ」とテレビを指差しながら自慢できる。リュウジの方が先にそうなってしまったけど、晶もそうなるって思ってた。

コーヒーメーカーをセットして戻ってきた留美が、テーブルの下の引き出しを開けた。そこから革の小袋を二つ取り出した。水晶の板が入った小袋。卒業式の日、韮山先生が皆に配ってくれた記念の品。

「半沢くん、何番だっけ」

俺は十、留美は十三、晶は。

「九番。俺の前だから」

だから、晶の水晶には〈9〉が彫ってある。韮山先生が自分の手で一枚一枚彫ってくれたんだ。二十一人の仲間の証しの水晶。あいつは、死ぬときにはこれを持っていたのか。

携帯を手にして、晶の電話番号をディスプレイに表示させた。

「今、電話したらどうなるのかな」

「バカなこと言わないで」

晶が出るような気がしていた。いつものように「まっちゃん？」ってきれいな声で電話に。出ないなんて。そこに居ないなんて、思えない。

「誰か、出るのかな」

「出るでしょう。お父さんとかお母さんとか」

そうだ。兄貴もいたよな。妹も。皆、家に集まっているんだろうか。どうして自殺なんかしたのかって考えているのか。急にディスプレイが節電設定で暗くなって〈半沢晶〉って文字が見えにくくなって、ぞっとしてメニュー画面に戻した。

「教室で死んだって」

「あぁ」

「遺書とか、あるのかな」

ダメだ。じっとしていられないって思った。何にもわからない。わからないし、まだ信じられない。本当にあいつが、晶が死んだのか確かめたい。

「どうしたの」

「学校行ってくる」

晶が本当に死んだのかどうか、確かめたい。


馬鹿なことしないでって留美が言いながらついてきた。俺たちも結婚して三年目。まだ子供はいない。同じように同級生同士で結婚した岩さんところにはもう二人もいる。別に作らないようにしてるわけじゃないから、子供っていうのは本当に授かり物なんだなって思う。

元町商店街は海に面した国道の脇にある。うちの金物店はゆるくカーブした商店街通りの端っこで、そこから宮永の家がある山の方に向かっていって左に入れば、中学校だ。車で行けば三分も掛からない。眼をつむってたって辿《たど》り着ける道を走って、正門前に着いて時計を見たら十時を回っていた。

十時までは管理の人がいるはずだ。体育館の使用は十時までできる。車をそのまま玄関の脇に突っ込んでみると、廊下の奥の管理人室に電気が点いていた。玄関の脇にある呼び鈴を押す。インターホンから「はい」って声が聞こえた。

「あの、いつもバスケでお世話になってる松元です。金物店の」

(あぁ)

良かった。馴染《なじ》みの管理のおっさんだ。部屋からずんぐりむっくりの姿が出てきて、電気を消した。ちょうど帰るところだったんだろう。

「どうしたの?」

そういや名前は知らない。

「変なこと訊くんですけど」

そう言うと、おっさんの眉間《みけん》に皺《しわ》が寄った。

「自殺のことかい?」

「そうです!」

俺じゃなく、後ろに立っていた留美が少し大きな声で言った。おっさんは後ろ手にドアを閉めて、鍵を掛ける。

「じゃあ、あれか。あんたたちも、同級生か」

「あんたたちって」

悲しそうな表情を、おっさんは俺たちにしてみせた。

「まだ二十四だって？　なんだってねぇそんな」

悲しそうな顔をして首を横に振った。おざなりに言ってるんじゃなくて、本当に若いのが死ぬのは悲しいって感じが伝わってきた。

「ついさっきも来たんだよ。同級生だっていう人がね」

「じゃあ、あの、本当に、ここで自殺を？」

おっさんは、深く頷いた。教室だったので体育館の使用禁止にはならなかった。

「何があったか知らんが、死ぬこたぁないだろうにね。生きてりゃいいこともあっただろうに。可哀相《かわいそう》にね」

ついほんの何分か前に、同級生だったっていう男が同じように確かめに来た。本当にここで自殺があったのかって。おっさんに礼を言って、ひょっとしてと思ってグラウンドの方に二人で小走りで向かった。反対側の玄関脇のスペースに車が二台停まっていて、一台はたぶんおっさんのだったけど、もう一台は。

「シトロエン」

もうボロボロになっている中古のシトロエンだった。同級生でこのクルマに乗っているのは、一人しかいない。


グラウンドの向こう側は、暗く染まっている夜の山だ。昔はあの山の中腹にある神社で肝試しなんかをやった。見上げたら月に薄い雲がかかって、ぼんやりとグラウンドと校舎を照らしていた。

向こう側の端に、男の姿があった。じっと立ちすくんで、校舎の方を見ていた。

やっぱりそうだ。

「翔!」

川田翔。

びっくりしたように、顔をこっちに向けて、一瞬間があって、それから軽く手を上げた。

「まっちゃん、神原」

留美のことを、旧姓で呼ぶ。男子たちは皆そうだ。もともと眉毛も眼も垂れていて情けない顔の翔が、ますます情けない笑顔を見せた。いや笑うと目尻が下がって余計にそうなるんだ。昔からだ。今じゃ学校の先生だっていうのにそんな情けない面《つら》でどうすんだといつも思う。

「来たのか」

「うん」

翔は隣町の小学校で先生をやっている。家も今は隣町にある。車なら、三十分かそこら。ちょっと顔を伏せてから、翔は校舎の方を見た。月明かりに照らされて、あの頃のままの校舎がそこにある。三年生のときの教室の窓も見える。

「どうしても、信じられなくてさ」

翔が言った。

「宮永に電話貰って、すぐに来てみた」

そう言って教室の方に目を向けた。俺と留美もそっちを見たけど、あたりまえだけど真っ暗で中は見えない。それでも教室の様子は手に取るようにわかる。黒板があって右側の壁にはスケジュールを書くためのホワイトボードが張ってあって、天井の蛍光灯は昔コウヘイが割ったことがあって。

留美は自分の腕で自分の身体を抱くようにして少し震えた。夜風が冷たかったんじゃない。あの教室に、晶が居たような気がしたんじゃないか。天井からぶら下がっている晶が。

「どこに、紐《ひも》をかけたんだろうね」

翔が小さい声で言った。

「わからないけど、蛍光灯のところか？」

「そうかな。それ以外に天井に紐を縛れるようなところ、なかったもんね」

「あるわ」

留美が言った。

「どこ」

「天井のコンクリの梁《はり》のところ。あそこ天井にくっついているように見えるけど、ほんの少し隙間《すきま》があるの」

知らなかった。そんなのがあったのか。

「どうして死んだのか、わかる?」

翔が言って、俺の方に向き直った。びっくりした。その眼から涙がこぼれていた。

「翔」

翔が、ますます情けない顔になって、唇が歪んで、涙がぽろぽろこぼれてきて、まっちゃんって小声で呟いて顔を伏せた。翔は俺よりずっと背が高くて見上げるぐらいなんだけど、思わず手を伸ばしてその頭を引き寄せて抱きしめた。翔が俺の肩に頭を乗せてきた。

「バカ野郎。泣くんじゃないよいい大人が」

そう言うと、涙声で、ごめん、ごめんって何度も翔は呟いた。留美が貰い泣きしそうな顔で俺と眼を合わせた。翔の背中を子供をあやすように軽く叩きながら、考えていた。

悲しいのは、わかる。俺もさっき泣いた。でも。

翔は、晶が自殺して涙を流すほど、仲良かったか? って。

翔の車は俺が運転して、留美がうちの車を運転して家まで帰ってきた。翔はもうなんだかすっかり力が抜けたみたいになっていたからこのまま帰すのは危ないなって思ったんだ。久しぶりなんだから寄ってけって、連れてきた。

居間のソファに座った翔は少し落ち着いたみたいで、居間の中をぐるっと見渡して、そういえば新居になってから来たのは初めてだって笑った。

「そうだよな」

「二階に玄関あるんだね」

そうだ、結婚したときに改装したんだ。もともと店と自宅が繋がっているんだけど、二階を俺たち夫婦の部屋にして、玄関も一緒じゃ若い二人が気を使うからと二階まで上がれる階段を付けた。居間はもともとは俺の部屋で、寝室は物置になっていた部屋。風呂も台所も客間にしていたところを改築して作った。

「すごいなぁ、こんなに変わるんだね」

もちろんあの頃に翔も来たことはある。留美がお茶を運んできて、翔の前に置いた。ありがとうって小声で言って、口をつけた。一口飲んで、少し溜息をついた。

「久しぶりだね」

「なんだよ今頃」

笑った。翔は俺と留美の顔を交互に見て、また少し笑った。

「二人が相変わらずそうやって並んでいるのを見ると、ホッとする」

皆そうやって言うんだ。「お前らが二人でいるのを見ると嬉しいんだ」って。中学校のときからずっと、俺は留美が大好きで、留美も俺が好きで、そのまんまこうやって結婚して。

誰も俺たちを冷やかさなかった。もちろんガキだったからごく普通にからかったりするのはあったけど、皆が俺たちのことを認めてくれるっていうのがわかっていたからむしろ嬉しかったぐらいだ。

結婚式にももちろん皆が集まってくれた。それぞれ住むところも生活もバラバラになっていて、仕事がめちゃくちゃ忙しい奴もいたのにほぼ全員出席してくれた。プレゼントだって宮永と絵里香が代表して新居に飾る版画を送ってくれた。「結婚したんだから、もう誰かに誘われたからってほいほい飛んでいかないように」って金吾がスピーチで言って皆が笑った。俺は男子からでも女子からでも誘いの電話があると嬉しくてどこにでも飛んでいってたから。

晶とリュウジと金吾とミーナと宮永が即席のバンドを作って、演奏してくれたっけな。あの頃流行っていたミスチルの歌を、『Tomorrow never knows』を皆で歌った。

親父とおふくろが「こんなあったかい結婚式は生まれて初めてだ」ってボロボロ泣いていたのをよく覚えてる。

「そういや、結婚式以来かもな」

「そうだね」

顔を伏せた。唇を噛みしめた。その様子に俺と留美は顔を見合わせた。こいつは、翔は、何か変だ。

「なんか、あったのか」

晶が自殺したって聞かされて驚いたのはわかる。思わず学校にまで来てしまったのも、わかる。でも、なんか翔は様子が変だ。付き合い長いんだからそんなのはすぐにわかる。

言っていいのかどうか、翔は迷っていた。

「翔」

「うん」

「誰にも言わないよ」

わけがわからんけど、言ったりしない。

「俺を信用できないか？　二十四歳の若さで元町商店街三代目の会会長だぜ？　この潰れそうな商店街の未来をしょって立つ松元俊和を」

そう言って笑ってやると、翔の頬に赤みが差した。もともと顔色の悪い奴だけど。

「そうだったね」

「なんか、言いたいことあるんだろ？　晶のことで、なんかあるのか？」

そんなことは考えてなかったけど、そのときにひょっとしたら晶の自殺の原因に、思い当たることがあるんじゃないかって思った。そうでなきゃ、明日も学校があるのにわざわざ来ないだろう。土曜日で児童は休みでも先生は関係ないはずだ。

「僕はね、まっちゃん」

「うん」

拳《こぶし》を握っていた。それが、少し震えていた。

「今、五年生のクラスの担任なんだ」

「そうか」

大変だろうな。五年生なんて、先生の言うことを聞かない奴も出てくる頃じゃないか。

「その中に、晶にそっくりな子がいるんだ」

「晶に?」

さっき赤みが差した顔が、また青白くなっていた。

「あの頃の晶にそっくりで、可愛い子なんだ。男の子。その子を見ているとね、辛くなるんだ。苦しくなるんだ」

「なに?」

「僕はね、晶が好きだったんだ」

「好きって」

うん、と翔は頷いた。

翔は、優しい男だった。二十一人の仲間で男子は十一人。その中でも気持ちの優しさで言ったら糸井と一、二を争ったんじゃないか。そんなことで争う必要もないけど。

覚えてる。三年生の冬だ。

冬休みの前の日の放課後。教室には俺と晶と翔とタカシと、糸井がいた。なんでそんなメンバーが残っていたのかは覚えてない。その他の連中は皆帰っていた。

新聞社に入って報道カメラマンになりたい。そのためにはいい大学に入りたい。だから高校もいいところに行かなきゃ。タカシはそう言ってた。中学生の頃からそんなふうに自分の道をはっきりさせてたのはタカシと晶と糸井ぐらいだった。晶はもちろんミュージシャンでそれは夢って言ってもいいあやふやな目標だったけど、タカシの場合は具体的だった。

冷静な奴だったな。もちろん宮永もそうだったけど、タカシの冷静さはどっちかって言えば皮肉っぽかった。そう、クラスの中でいちばん醒めた眼で仲間を見つめていたのはタカシだったと思う。

受験が迫っていて、高校からいいところを選んだ連中と、自分の行けるところで済ます連中の間には確かに微妙な空気が流れていて、わかりやすく言うと、タカシが晶をバカにしたんだ。いや、晶だけじゃなくて、俺も含めて今の成績で適当に入れる高校で満足している仲間を、分相応ってことで満足している奴を、向上心がないって切り捨てたんだ。

「悪気はないよ」

タカシは言った。中学生にしちゃ大人っぽすぎる皮肉な笑みを浮かべて。

「キライだとかそんなんじゃない。でも、糸井とかオレはもっと上の方上の方って頑張ってるんだって事実を言っただけじゃないか」

「だから、それはオレらをバカにしてるってことじゃん」

晶が口を尖《とが》らせた。身体が小さくて力も弱いくせに晶はからかわれると誰彼かまわず噛みついていった。大抵は噛みつかれた相手が笑いながら晶を押さえつけて「悪かった悪かった」って、子供をあやすようにして終わるんだ。

でもタカシはそんなことしない。実際、からかってるんじゃない。確かに事実だった。でも、俺も頭に来ていた。

「俺は、店を継ぐんだ。店継ぐのにそんな無理していい高校や大学行く必要ないだろ」

「ないかもしれない。でも、店をもっと大きくしよう、そのために経営とかもっと広い視野で物事を考えられるようにならなきゃならない。そんなふうに考えたら、これでいいって満足しないでさ、もっと勉強して上を目指そうってことにならないか？」

それは、確かにそうだったから俺も何にも言えなくなった。糸井は少し困ったような顔をして成り行きを見ていたし、翔は泣きそうな顔をして話を聞いていた。

「晶」

「なんだよ」

「オマエがミュージシャンになる！　とか言ってるうちに、翔がどうなったか知ってっか？」

話を振られた翔は眼を丸くしていた。

「二年生のときはビリの方だったのに、今じゃ五本の指に入るんだぞ」

「そうなの？」

俺も知らなかったから驚いて翔を見た。頭を掻いていた。

「学校の先生になりたいってさ、そう決めてものすごい頑張ってたんだ」

「へぇ」

さっきまで怒っていた晶が、本当に感心したように翔を見た。

「韮山先生みたいになりたいんだってさ。優しくて、あったかくて、自分の生徒皆をちゃんと見てくれる韮山先生みたいに」

翔が顔を赤くした。

「だからさ、何度も言うけどオレは晶やまっちゃんをバカにしたんじゃない。友達だと思ってる。でも、そういう努力をしてる人間をわかってないってのが、しょうがねぇなって思うって話しただけだ」

「タカシ」

「なに」

それまで黙っていた翔は、顔を真っ赤にしながら、タカシを見た。

「タカシの言うことは間違ってないけど、間違ってないことが全部正しいって限らないんだよ」

真剣な顔だった。

「韮山先生が言ってた。人間は、みんな愚かな生きものなんだって。だから、わかり合ったり許し合ったりしないと生きていけないんだって。だから」

翔の眉間に皺が寄っていた。そんな顔をするのは珍しかった。

「しょうがないなって思うんじゃなくて、メジャーなミュージシャンになれたらいいな、まっちゃんの店も繁盛して大きくなっていけばいいなって、そういうふうに考えて話をするだけでいいんじゃないのかな」

翔が、タカシにそんなふうに意見したのはきっと初めてだった。タカシも晶も俺も糸井もちょっと驚いて、それから翔の意見に納得したんだ。

実際タカシは本当に新聞社に入って報道カメラマンになったから、あいつも大した男だと思う。高校でも大学でも皮肉屋にはますます磨きがかかったみたいだけど、俺たちにはよくわかってる。そういうのが、タカシなんだって。いつだったか、年賀状を出す同級生は俺たちだけだって苦笑してた。お前こそしょうがねぇなって笑い合ったっけ。

教師になりたくて一生懸命勉強して本当に教師になって。優しいけど個性っていう面ではちょっと、いやかなり地味な男でそのくせ車はシトロエンなんて外車が大好きで、いつかクラシックカーになってしまったシトロエン2CVを買って乗りたいとか言ってる。

そういう翔が。

「好きだっていうのは、その、仲間としてじゃなく、ラブの方の好きか?」

頷いた。驚いた。そっち方面には俺も留美も免疫がないんだ。友達にもいないしもちろんオカマバーとかゲイバーとかにも行ったことがない。そういうのはテレビや映画の中だけの話だった。

「それは、晶は知ってたのか?」

「知ってた」

「いつから、だ?」

「去年。その子の、その晶にそっくりな子の担任になるのは二年連続で」

名前は言えない。仮にアキラちゃんとしておく。お父さんが会社を経営していて少しばかり裕福な家のアキラちゃんは、とても素直な良い子だそうだ。聞きわけが良くて明るくて、担任である翔にも懐いてくれた。

「初めて見たときにびっくりしたよ」

苦しそうに翔が言う。

「本当に、本当に晶にそっくりで、少し小さくて色が白くて人形のようにきれいで、校内でもPTAの間でも評判の子供だった。それまでは担任にはならなかったから、遠くからときどき見かけるぐらいだったから抑えられたんだけど」

担任になって、そのアキラちゃんと始終触れ合うようになった。四年生の男の子なら、まだ男子でも女子でも屈託なく先生にぶつかってくる子も多い。じゃれ合ったりもする。

「その子に初めて触れたとき、身体中の血が逆流したんじゃないかって思うぐらいだったんだ。あんなのは初めてだった。それまで忘れていたものが急に吹き出してきたみたいだった。僕は、抑えつけていたんだ」

「何を」

「晶を、好きだってことを」

頷くことしかできない自分が情けなかった。

「中学校の頃から、僕が目で追っていたのは美人だったり可愛かったりした仁木や三波や佐衣じゃなくて、晶だったんだ。ずっとそうだったんだよ。それが、たがが外れたみたいに、吹き出してきたんだ」

信じられない。マジか！　って叫びたいのを我慢してた。そんな俺の気持ちがわかるのか、留美は俺の肘《ひじ》をずっと押さえて話を聞いていた。

ずっと男を好きになってたわけじゃなかったそうだ。高校時代には気になる女の子もできた。大学で付き合った女もいた。でも、どれもこれもダメになっていった。その原因を自分ではわかっていたんだけど、わからない振りをしてずっと押し殺していた。

大した精神力だと思う。好きな気持ちを何年も何年も抑えつけるなんて、そうそうできることじゃないと思う。

「本当に、学校を休みたくなるぐらい僕は、動揺していたんだ。晶と瓜《うり》二つのその子と眼を合わせることができなかった。男を好きになるのはともかくその子はまだ四年生だったんだよ？　そういう子を、そんな子供に、ふざけて触れられる度に僕は、その子を壊れるほど抱きしめたい感情に襲われていたんだよ」

翔が、本当に死にそうな顔をしていた。

「自分は、変態だと思った。生きていけないって思った。小学校の教諭としてもうやっていけないって。犯罪者になる前に、その子の人生をめちゃくちゃにする前に辞めるべきだって、辞表も書いた」

「でも」

留美だ。留美が急に背筋を伸ばして、翔に向かって言った。

「川田くん、教師って仕事が大好きだったじゃない！　子供が大好きで、その子供たちを育てていくことが、私たちみたいにいい仲間を作ってもらって、人生を生きてもらいたいって、そう思っていたんでしょ？　生き甲斐なんでしょ？　教師が」

そうだ。翔はそう言っていた。

子供たちの笑顔を見ていることが、何より楽しいと。子供たちの未来のために、教師は決して、何があろうと子供たちを裏切ってはいけないって真面目な顔して話していた。

翔は、苦しそうな顔をして、頷いた。そして、そのまま、俯いたまま両手で自分の顔を覆った。

「そう、なんだ。教師を辞めたくなんかなかった。悩んでいた。死にそうだった。学校に行って教室に入ってその子の顔を見るのが怖かった。いつか、いつか僕は何かが、心が壊れて悪魔のような男になってその子を抱きしめてしまうんじゃないか、めちゃくちゃにしちゃうんじゃないかって」

顔を上げた翔の眼が真っ赤だった。

「いっそ、死んだ方がいいって思った」

何も言えなかった。自分が情けなかった。

「でも、そんなときに、晶から電話があったんだ。『元気か？』って。いつものように」

翔は、平静な応対ができなかった。そんなのを見逃す晶じゃない。あいつは、いつもいつも皆の様子を気にしていたから。

「何か悩みがあるんなら、会おうって、来てくれたんだ。あいつは」

そう言って、翔は、唇を噛みしめた。そのまま噛み切りそうだった。思わず手を伸ばして肩を揺すった。落ち着けって。落ち着かなきゃならないのは自分だろうって思いながら。

「晶に話してしまった。もう、我慢ができなかった。そうしたら、あいつは」

いいよって、言ったそうだ。何も悩まずに。そんなに苦しいなら、俺を抱きしめろよって。

翔に思いっきり抱きしめられたって俺は壊れはしないから。そう言った。

留美が、両手を合わせて拝むような格好で話を聞いていた。そこから先を聞くのが怖かった。

「それは」

翔が、首を横に振った。

「抱きしめたよ。晶を。でも、それだけだよ」

何もしなかった。できなかった。ただ抱きしめただけで、晶の細い身体を思いっきり抱きしめただけで、自分の心の中の何かが解けていくのがわかった。ゆっくりと、ゆっくりと身体から力が抜けていったそうだ。

これだけでいいのか？　そう笑って訊く晶が、まるで天使みたいに思えたそうだ。

「それからも」

晶は、前より頻繁に翔に電話を掛けてきた。大丈夫か？　生徒を襲いそうになる前にちゃんと連絡しろよと。

「いつでも駆けつけるからって、言ってくれた。それで僕は、その子のことも冷静に見られるようになった」

「じゃあ、何度もか」

翔は頷いた。

「心が折れそうになる度に晶に電話した。晶はいつでも来てくれた。僕のことを抱きしめてくれた。俺はノーマルだからお前を愛したりはできないけど、お前がしたいっていうんなら、何をしてもいいぜって、そこまで言ってくれたんだ。仲間なんだから助け合うのはあたりまえだって言って。できなかったよ。そこまで晶に甘えちゃいけないって思った。だから」

でも。

せいぜいが抱き合ったまま眠るとかそれぐらいだった。それでも翔の心は満たされた。学校でアキラちゃんと触れ合っても自分の気持ちを抑えることができた。

「晶は、死んでしまった」

自殺してしまった。僕のせいじゃないか。こんな変態じみた僕のことが重荷になっていたんじゃないかって翔は言う。また、涙が溢れてきた。

「同級生だから嫌だけど優しくしてくれたんじゃないかってさ。それが辛かったんじゃないかって」

そう思うと、居てもたってもいられなかったと、泣いた。声を押し殺して下を向きながら翔は泣いていた。ひょっとしたら俺たちが、俺と留美がたまたま学校に行かなかったら、翔はそのまま後追い自殺でもしたんじゃないか。

何を言えばいい？

必死になって考えていた。俺は、翔に何て言えばいいんだ。何かを言わなきゃならない。こいつが晶の後を追わないように。このままだったら、また学校に行くのがこいつは怖くなる。そのアキラちゃんに気持ちが行ってしまう。大好きな教師を辞めなきゃならなくなる。死んじまうかもしれない。

そんなことはさせられない。翔は、大事な仲間だ。

何を言えばいい？

「翔」

ゆっくりと、顔を上げて俺を見た。

「ツライよな」

「うん」

「でも、絶対教師を辞めるな。その、晶にそっくりな男の子のことも、絶対に心の奥に封印しろ。意地でも、死んでも封印しろ。男だったらな、そういうもののひとつやふたつやみっつは必ずあるものなんだ。あっても、心の中に隠して誰にも見せないものなんだ。やせ我慢して、徹底的にやせ我慢して生きていくもんなんだ」

言う前に心の中で宮永に謝った。

「たとえば、宮永だ」

「宮永？」

「あいつは、死んだ姉さんを愛してる」

「え？」

宮永の姉さんは、まだ宮永が小さい頃に死んでしまった。それは、宮永のトラウマになっている。そして、宮永の恋人である絵里香は、宮永の姉さんにそっくりなんだ。

「誰もそんなの気にしちゃいないけど、宮永は心の中でずっとそれと戦っている。姉さんの幻影と、生身の絵里香と。本当に自分は絵里香を愛しているのか、ただ自分の姉さんの幻を追っているだけじゃないか」

そしてそれを、絵里香も知ってる。二人は恋人同士だけど、ずっとその思いと二人で戦ってる。それを知ってるのは、宮永と幼稚園からずっと一緒の俺や糸井やリュウジぐらいだろう。

「これは、辛いぞ、翔」

翔は、少し驚いた顔をしながら、ゆっくり頷いた。

「留美」

「はい」

留美は、俺を見た。

「俺、これから言わなくてもいいことを、言う」

「えっ？」

「高校のときの、俺の同級生だった藤森まりって、覚えてるか？」

「覚えてる」

仲が良かった。留美とも会ったことがある。

「俺、あいつと寝た」

翔の眼が丸くなった。留美も身体が硬直した。

「二年前だ。あいつから呼び出しがあった。何かと思ったら、誘われた」

言わなくてもいい。でも、翔は何もかもを俺と留美に吐き出した。仲間だから、〈21〉の仲間だから。そんな翔を納得させるためには、それに見合うものは、俺の中にはこれしかない。

「病気で、子供が産めない身体になったって」

留美が口に手を当てた。

「ずっと俺のことが好きだったけど、留美がいたからあきらめていた。でも、子供ができなくなったってわかったときに、何かが、外れたって」

きっと翔にはそういう気持ちが理解できるのかもしれない。

「抱いてほしいって。子供ができないから安心していい。遊びだと思ってくれていい。これっきりでもいい。そうやって、誘われた」

俺は。

「それに、応えちまった」

正直遊びのつもりだった。男だったら誰でもそうだと思う。軽い気持ちだった。留美にわからなきゃいいんだ。そう思っていた。

でも。

「去年かな。偶然、東京で藤森を見かけた」

赤ちゃんを、抱っこしていた。

「幸せそうな、母親の顔をして歩いていた。日曜日だ。たぶんあいつのお母さんらしい人と一緒にいた。でも」

旦那さんらしき人はいなかった。

「何を確認したわけでもなんでもないんだけど、身体中の血が引いていったような気がした」

子供ができないって言ってたよな。じゃあ、あの赤ちゃんはなんだ?

「それっきりだ。藤森から連絡があったわけじゃない」

確かめたくもなかった。このまま見なかったことにしようって思ってた。でも。

「携帯に知らない番号から電話が来る度に、少しびくついている自分がいる」

もし、藤森からだったら？　子供ができないはずだったけど、あなたの子供を産んだって電話があったら？　俺は、どうする？

「そんなことを考えて眠れない夜も、正直あったんだ」

ただの勘違いかもしれない。たとえば藤森の兄弟の子供だったかもしれない。あるいは幸せに結婚して奇跡的にできた子供なのかもしれない。

「自業自得だけど、恥ずかしい話だしお前の抱えてるものとは全然違ってただの笑い話にしかならないものかもしれないけど」

俺は、それを抱えてきた。心の中に。

「絶対留美には知られないようにしてきた。もちろんワルイことをしたのは俺だけど、俺は留美を愛している。この後の人生もずっとずっと留美と生きていきたいって思ってるから隠し通すつもりでいた。でも、今、言っちまった。この後、お前が帰った後に大ゲンカして留美は実家に帰っちまうかもしれない。これで留美とも終わりかもしれない。そうなったら、そうなったら、翔」

翔が、俺を見た。

「お前が俺を慰めてくれよ。俺、飲めない酒を飲んで暴れて吐いてどろどろになって大迷惑を掛けるから、お前が俺の面倒を見てくれよ」

「僕が」

「言っちまったのは、お前のせいだ。お前が、とんでもないことを俺に言うから俺も言う羽目になっちまったんだ。責任取れ。責任取って、ちゃんと真面目な先生をやってずっと生きて俺の一生友達でいろ。俺が離婚の痛手から立ち直るまで、面倒を見ろ」

だから。

だから。

そんなつもりはなかったのに、涙が出てきた。ちくしょう、俺ってこんなに涙もろかったのか？　涙で、ちゃんと言えなくなってきた。

「死ぬな。先生も辞めるな。戦え。自分の弱い心と戦って戦って、勝て。勝ち続けて、ちゃんと生きて、ずっと俺と友達でいてくれ」

ちくしょう、泣きながらこんなことを言うなんて、カッコ悪い。

「ついでだけど、宮永のことも、誰にも言うなよ。墓場まで持っていく秘密だぞ」

だから、寿命を全うするまでちゃんと生きて、俺に付き合え。


俺が洟をすする音が部屋に響いて、留美がティッシュケースを寄越して、二枚取って洟をかんだ。翔も、留美も、何も言わないでいた。そのまま、何分か経った。何十秒だったかもしれないけど。

「トシカズ」

「うん」

「知ってた」

「何を」

「藤森さんのこと」

飛び上がるぐらい驚いた。思わず隣に座った留美から少し離れて見てしまった。翔も顔を上げて留美を見た。

「川田くん」

「うん」

「私も、それを抱えてたんだよ。愛する夫の裏切りを」

子供が欲しいのに、大好きなのになかなかできない日々の中での、裏切り。子宝に恵まれて幸せそうな岩さん夫婦と会ったときの、心の揺れ。優しいけど、早く跡継ぎを欲しがっている、孫の顔を見たい義理の両親への思い。

「平凡な悩みなのかもしれないけど、そういう思いを、抱えながら生きているんだよ」

留美が、ニコッと笑って翔を見て、それからそのまま俺を見た。

笑みを浮かべながら、頷いた。


嘘かもしれない。

嘘だ。

これでも俺は夫だ。もう二十年間もずっとこいつのことが好きで見てきたんだ。一緒に居たんだ。それぐらいわかる。

そうだ。留美は、嘘をついた。藤森のことを知ってたなんて嘘だ。いや、本当かもしれないけど、この笑顔はきっと翔のためについた嘘だ。

抱えているものの重さは量れないけど、皆、皆そうやって生きていくんだ。嘘やごまかしや裏切りや憎しみや、嫉妬や欲望や愛情を、いっしょくたにして心の中に抱えて生きていくんだ。生きていかなきゃならないんだ。

それを、晶は捨ててしまった。

捨てられた晶のいろんなものがこうして翔や俺や留美に降りかかってきて、ひょっとしたら今頃皆に、仲間の皆にも降りかかっているのかもしれない。

この夜の空の下で、皆がそれぞれに晶が死んだことで降りかかってきたものの重さを量り合ったり、向かい合ったり、抱きしめたりしているのかもしれない。

それは、俺たちの、役目だ。

生き残った連中の務めだ。死んじまった晶のために、やってあげなきゃならない仲間の仕事だ。

生きて。生き続けて、抱え込んで、そうして見ることができた世界を今度会ったときに話してやるために。

バカ野郎、お前が先に逝っちまったせいでひどい目に遭ったって文句を言いながら、笑いながら、話をするときのために。

生きていかなきゃならないんだ。

二〇〇五年七月三日　午前八時三十分　鈴木比呂

久しぶりに有給を取った。

有給の日って、どうしてこんなに目覚めの気分が違うんだろうって前にも思ったな。普段の休みの日とは別の感触。

でも、今日はその別の感触が嬉しくもなんともない。いつもだったら、目覚めたらさぁあれをこうしてこうやってこうしなきゃって、一日の予定を思い浮かべてどんどんパワーが溜まってくるんだけど。

「お通夜か」

ベッドの上に起き上がって、長い髪の毛を乱暴に後ろにやってまるで男みたいに頭をバリバリ掻いて、そう呟いてみる。お通夜があるのに楽しい気持ちになってお洗濯や掃除をハリキッテやるのは失礼なような気がする。今日明日は、亡くなってしまった人のために喪に服すという気持ちで過ごさなきゃならないような、そんな感じ。

愛が言ってたっけ。ワタシは見た目も仕事もハデに見えるんだけど、実はみんなの中ではいちばん古風な女だって。

そうかもしんない。そういう自分がイヤで一生懸命鎧《よろい》を纏って生きているのかもしれない。ま、朝っぱらからそんなことを考えてるのはバカらしいんだけど。バカらしいんだけど、こくんと勢い良く頭を下げてぐちゃぐちゃになった白い布団カバーを見て、思い浮かべてみる。

半沢晶くんの顔。

とても、キレイな顔。

「バカだなぁ」

死んじゃうなんて。自殺するなんて。あんなにもみんなに愛されていたのに。愛してもらえるだけの顔も心も持ち合わせていたのに、もったいない。

「今日と明日は、キミのために使うよ半沢くん」

そう言って、布団をはねのけてベッドから降りた。足の裏のフローリングの冷たい感触が気持ちいい。

キミのことを思いながら、二日間の有給をすべて使ってあげる。

喪服は昨日のうちにクローゼットから出してカバーを取って壁に掛けておいた。チェックしたけどどこにも虫食いもほつれもないし防虫剤の匂いもない。出掛けにさっと埃《ほこり》取っていけばそれでOK。故郷の町へは電車で一時間半。かなり余裕を見て二時には駅に行こうと思っていた。天気が良いから早く着いたら久しぶりの町をうろうろすればいい。学校を見に行ったりして、それから佐衣のお店に顔を出せばいい。女子が何人か集まっているはずだから、一緒にお通夜に行けばいい。

二十一人の仲間。二十人になってしまったけど。

宮永くんから、半沢くんが自殺したことを告げる電話を貰ったとき、もちろん驚いて声も出なくて、悲しくなって淋しかったんだけど、久しぶりに宮永くんの声を聞けて嬉しかった。何もなければそのままお喋りしていたかったのに、さすがにそれはできなかった。

「カッコよくなってるよなぁ」

しばらく会っていなかったけど、この前偶然チラッと見かけた。何かの撮影の立ち会いかなんかをしていたらしくて、ラフな格好をした彼が銀杏《いちょう》並木の歩道に立っていた。声を掛けたかったけど仕事中なんだし、なんか隠れて彼の姿をこうやって見るのもいいなぁなんて一人でニヤニヤしていた。

見る度に彼は洗練されていく。もともとの素地に経験や重ねた思慮や苦悩なんてものが加わっていって、良い男になっていく。惜しかったなぁって毎回思うんだ。絵里香が羨ましいってマジで思う。

もちろん、今はただのファンだからどうこうしようなんて気持ちはさらさらない。絵里香は、大好きな友達。仲間。あの二人がこのまま幸せになってくれるんだったら嬉しいって本音でそう思う。今さら宮永くんがワタシになびいてしまったら、逆にガッカリしてしまうかもしれないし、絵里香と二度と会えないような関係になってしまうのは心底イヤだ。

服を扱う仕事をしていると、人間はいかに中身が大事かっていうのがよくわかってくる。見た目ではなく人間性。もちろんそんなこと考えも思いつきもしないでただ働いているだけのおバカなショップ店員は山のようにいて、そんなのと一緒にされることは本当に腹立たしいけどしょうがない。外から見れば同じただの店員だ。服を売るだけの小奇麗な、あるいはちゃらちゃらした格好をした女。

しょせん服なんて外面を飾るだけのもの。でも、外面をきちんと飾るためには内面の美しさが本当に必要。どんなに服が美しくても、それを纏った人間の内面が美しくないと、その服も美しくなれない。可哀相だと思う。服が。

ファッション雑誌に出てくるモデルさんは男でも女でもとんでもなくキレイな人ばかりだけど、内面も美しくて着ている服との相乗効果でまばゆいほど輝く人はほんの一握りだ。宮永くんは男としての内面の良さがそのまま出てくるタイプだと思う。

彼にはポール・スミスのスーツを着てほしい。いやダンヒルでもヒューゴ・ボスでもいいかな。なんでもいいか。千円のTシャツでも彼なら美しく着こなせる。

その反対に、半沢くんは服を選ぶ人だったな。彼のあの美しさに似合う服はなかなかないって思ってた。うちはレディースしかないけど、でも彼ならレディースでも大丈夫かなって。

いつか、いつか自分のショップを持てたら。自分が作る服を売る自分のブランドの店が持てたなら半沢くんにはゼッタイにモデルになってもらおうと思っていたのに。イメージモデルになってほしいとまで考えていたのに。

二度と見られない夢になってしまった。

歯磨きしながら、昨夜のお風呂の残り湯を洗濯機に移す。ピッピッピーッと電子音が鳴り響いてゴワンゴワンとモーターが唸《うな》って残り湯が洗濯槽に流れてくる。洗濯物を放り込んで、洗濯のコースを選んでスイッチポン。

この新しい一人の部屋に引っ越してきてもう三ヶ月経った。すっかり身体に馴染んでここが自分の家だって感覚になってる。社会的にも、一人の、〈鈴木〉比呂にも、ようやくこの間戻ったし、精神的にも独身の頃の感覚が完璧に戻ってる。まだ誰にも言ってないんだけど、このお通夜がいい機会かも。

歯がキチンと磨かれているかをチェックして、洗顔フォームをきっちり泡立てて顔を洗う。洗ったら化粧水。今日もお肌の張りはオッケー。

洗面台の横の壁にいつもぶらさげてあるお守りを見た。

水晶の板が入った革の小袋。

韮山先生が卒業式にみんなにくれた贈り物。先生がお祖父さんから貰ったという水晶を板状にカットして、それぞれの出席番号を手で彫った。それを手作りの革の小袋に入れて、一人一人に手渡してくれた。

「この二十一人が、これからも、素晴らしい人生の友でいられますように」

〈21〉の仲間の証し。

毎朝毎晩、顔を洗う度にこれを見て、ワタシは祈ってた。先生がそう願ったように、仲間のみんながいつまでも幸せでいられますようにって。

神様はその願いを叶えてくれなかったようだけど、ハナっから期待なんかしていなかったからがっかりはしないし、本気で人生の幸せを神に祈るほどバカで殊勝な人間でもない。

でも、祈ってた。大好きな仲間が幸せでいられるように。幸せな人生じゃなかったとしても、何十年後かにおじいちゃんおばあちゃんになって、全員でとりとめのない茶飲み話ができるぐらいにはって。それぐらいはできますようにって願っていたのに。

半沢くんのバカヤロウ。

キミが最初の脱落者になるとは夢にも思ってなかったよ。


〈21〉という絆で繋がった仲間が、こんなにも早く欠けてしまうなんて、考えてなかったよ。

二十一世紀になった年に、二十一歳になる、二十一人の仲間。

ワタシたちの、21・21・21。〈twenty one〉。

卒業して十年近くが過ぎてしまったけど、愛しくてどうしようもないあの時間を一緒に過ごした榛中学校は、今はなくなってしまった。どんどん子供が少なくなってしまって他の中学校と統合されて、名前も消えてしまった。なんて理不尽なことが起きるんだろうって怒ったけど、どうしようもない。

校舎自体は地域の活性化事業とかで、何かいろいろと使われているようなんだけどワタシはよくは知らない。実家がなくなってしまったからかつての地元に戻ることはほとんどない。そんなに遠くはないのに、でも逆に遠くはないからいつでも行けると思うと行けなくなる。男子十一人女子十人の仲間で、地元に残っているのは半分もいないな。半沢くんもミュージシャンになると言って東京に居たし。

韮山先生。ハワイで結婚式をするって言ってたけど、誰か先生に半沢くんの死を告げたんだろうか。宮永くんは、電話したんだろうか。

「しないよなー、普通は」

幸せ一杯のど真ん中なのに、教え子が死にましたって連絡はできない。あの人だったら式を中止しても飛んでくるような気もするし。

本当に、奇跡と言ってもいいぐらい仲が良かった。

少人数とはいっても、十人も女の子がいたらゼッタイその中に気の合わない同士は出てくるはず。あるいは孤独を好んで団体行動に加わらない子もいるはず。でも、そんなことは一切なかったな。

十人の女の子たち。

ミーナ、留美、愛、祐子、絵里香、よっしー、ひろりん、佐衣、遥、そしてワタシ。特に愛ちゃんこと品川愛とは、似たような性格で同じテニス部でいっつも一緒にいた。あの頃から子供が大好きで、そしてしっかりしていて、目標だった幼稚園の先生になった愛。

毎日毎日カワイイ子供たちに囲まれて、大変だけど充実した日々を過ごしている。隣町の幼稚園に就職しちゃったから今ではなかなか会えないんだけど、ほぼ毎日電話かメールで話してる。ずっとそんなふうにしていてもケンカしたこともないし、愛がイヤになったこともないから、とことん気が合うんだなって思ってる。出会えて本当に良かったと思ってる一生の友達。

同じ東京にいる絵里香や遥とはときどき会ってる。二ヶ月に一回ぐらいかな。

社会に出てしまうと自分がやっている仕事の空気感というか、そういうものをみんな身に付けてしまって、全然違う仕事をやっている人とは話していると微妙な感覚のズレを感じてしまうこともある。絵里香はイラストレーターで遥は出版社の編集。ファッションの世界にいるワタシとは近しいところもあって、そういうズレは感じなくて済むからラクだし楽しい。

あの二人はコンビみたいなものだから、二人で半沢くんのことについてきっといろいろ話したんだろう。クラスの中心人物だった宮永くんと糸井くんそれぞれの彼女なんだから、四人で会ったかもしれない。

愛は、泣いていた。電話の向こうでずっとくすんくすん泣いていた。似たような感覚を持ってはいるけど、愛の方が女の子らしく涙もろくてそういうのが似合う。ワタシは慰め役だった。どうして、自殺を止められなかったんだろう。ワタシたちの存在は、自殺を思い止《とど》まらせるものじゃなかったんだろうかって、泣いていた。

同じ気持ちだけど、ワタシは、泣けずに悔しかった。

半沢くんは、ワタシたちと、〈21〉の仲間と一緒に人生を歩いていくことを放棄してしまって、それが悔しくて泣けなかった。ちょっとだけ裏切られたような気もしたんだ。

半沢くんにとって、仲間はそんな程度の存在だったのかって。死んでしまったらもう会えなくなるのに、それなのに自殺を思い止まらなかったのかって。ワタシは、天寿を全うするその日までゼッタイに死にたくない。みんなにもう会えないなんて、信じられない。

今でも覚えてる。忘れるはずない。人生を救ってくれたみんなの行動を。優しい気持ちを。

中学一年の冬から中学二年の夏まで、家なき子だった。自分の家がなかった。

みんなの家が、ワタシの家だった。

いったいどこでどうなってしまったのか、今考えても本当に信じられない。あんなことをする人の血が自分の中に流れているのかと思うと絶望的な気持ちになったこともあるし、今でもときどきゾッとするんだけど。

*

忘れない。十一月三十日。部活が終わって同じテニス部だった愛と留美と祐子と一緒に校門を出た。寒いねーと皆できゃいきゃい騒ぎながら歩いていた。歯科医をやっていたワタシの家が学校からはいちばん近くて、いつも家の前で三人を「じゃあねー」と見送っていた。

確か午後六時を回っていて、もうすっかり日は暮れていた。最初に気づいたのは、愛。

「あれ？」

素っ頓狂な声を上げたので何かと思うと前方のワタシの家を指差していた。

「電気が点いてないよ」

その通りだった。〈鈴木歯科〉の看板に明かりが消えているのはもう閉めたとしても、門灯も家の中の明かりも点いていなくて真っ暗だった。

「なんでだろ？」

小走りになったワタシに付き合ってみんなも小走りになって家まで急いだ。

「カギが掛かってるよー」

「持ってないの？」

「持ってない」

そんな習慣はなかった。家《うち》には必ず誰かが居るんだから。ドアチャイムを何度も鳴らしても反応はないし、裏口にもカギが掛かっていたし、開きそうな窓もなかった。何より車がなかった。

「なんでー？」

そのときはまだブーたれるだけだったんだ。みんなも急用でどっかに出かけたのかなぁとのんびり反応していた。まだ当時は誰も携帯は持っていなかった。

「とりあえず家においでよ」

愛の言葉に「すいませんねぇ」とおどけながらまたみんなで歩き出した。愛の家に行ってしばらくしてから電話して、帰ってきてたら思いっきり文句を言ってやろう。高いお菓子を買わせて愛の家に「お世話になりました」と挨拶してもらおうと思っていた。

愛のご両親は、本当に温かい人たちだ。印刷会社の営業をしていたお父さんはいつも帰りが遅くて大変そうだったけど、真ん丸い顔と同じぐらい心も丸くて家庭的で優しいお父さん。お母さんはその反対にすっごい細くて小さい人で、でもいっつもコロコロ笑っている明るいお母さん。下手くそなダジャレを連発するので愛は嫌がっていたけど、ワタシたちにはサイコーにウケまくっていた。

「ご飯食べちゃいなさいよ。ちょうど今夜は華麗なカレーだし」

たくさん作ってあるから全然問題なし、と言うお母さんに愛もそうしなよと言って、ワタシはお言葉に甘えていた。

華麗なカレーライスを食べ終わった七時過ぎに電話しても誰も出なかった。まだそのときには「しょうがないなぁ」と言う余裕があったんだ。愛のお父さんも帰ってきて、「どこかに出かけて渋滞にでも巻き込まれてるのかもな」と言った。

「ゆっくりしてなさい。お風呂入って、なんなら泊まっていきなさい」

おばさんもそう言ってくれて、お風呂に入って愛の服を貸してもらって部屋で二人でとりとめもなく喋ったりテレビを観たりしていた。

そうこうしているうちに九時になって、電話しても誰も出なくて、愛のお父さんも少し首を捻《ひね》った。

「今までこんなことあった?」

おじさんに訊かれてワタシは首を横に振った。一度もなかった。さすがに不安になったワタシの表情を察したのか、おじさんはにこっと笑って言った。

「大丈夫大丈夫。よし、ちょっと確認してみよう」

何をするのかと思ったら、おじさんは警察に電話して、ここ数時間でこの近辺で車の事故があったかどうかを訊いてくれて、大きな事故の報告はないという答えが返ってきた。おじさんは、うん、と大きく頷いて、ワタシに言った。

「ということは、何か事情があって家に帰るのが遅れてるってことだ。ひょっとしたら家に何度も電話を入れてるかもしれないしね。のんびりしてなさい」

ここに居ることを知らないんだから、メモを置いてこようということになって、おじさんに送られてもう一度家まで戻って、真っ暗な玄関の扉の隙間にメモを挟んだ。

〈カギがないので入れない！　愛の家にいるからね〉

そのときには不安より怒っていたんだ。なんてことするんだ！　って。愛のお父さんやお母さんにも迷惑掛けてしょうがない親だと。

でも、結局帰ってこなかった。

連絡もなかった。どこにも。


幸いにもキンゴのお父さんは警察官で、次の日に愛のお父さんからの連絡でワタシのところに来てくれた。子供のワタシに詳しいことを話すのはなんだろうと考えてくれたんだろう。愛のお父さんとキンゴのお父さんの間で話が進んで、まぁ失踪ということで事件と事故の両面から捜査をする、ということに落ち着いたんだと思う。

ワタシはしばらくの間、愛の家に寝泊まりすることになった。ワタシの承諾で家のカギを壊してもらって中に入って、着替えやら歯ブラシやらを荷物にまとめて、まるで旅行するみたいだって考えていた。もちろん、警察の人も一緒にやってきて、家の中に変化がないかどうか確かめていった。普段と何も変わりなし。荒らされた様子もないし、もちろん留守番電話にメッセージも入っていなかった。お父さんやお母さんの財布やら免許証やら普段使っているカバンとかもなかったので、やはり二人で外出したのは間違いないという話をしていた。

「カギはちゃんと直しておくから」

それは、金物店をやっている松元くんのお父さんがやってくれた。なんて言うか、ワタシは悲しいより不安よりいったいどうなってしまうんだろうという興味の方が先に立っていたんだ。この辺の性格は誰に似たものかわからないけど、今になって思えば助かったと思う。暗くもならずに、ただお世話になってしまう愛の家に申し訳ないなぁと。

親戚は居るには居たのだけど、どこも県外で、転校などの手続きを考えるとお世話になるのはイヤだったし、何よりワタシの両親は親戚との折り合いが悪かった。

「仲悪いの？」

「うん。そうみたい」

愛の部屋に布団を持ち込んでもらって、ベッドと床の上と下で寝るまでの間にそんな話をした。

「なんか、本家とか分家とかその辺の話らしいんだけど、詳しくはわかんない」

このまま親が帰ってこなかったら、遅かれ早かれどこかの親戚のお世話にならなきゃならないんだけど、疎まれるところに行くのはイヤだなと言ったワタシに、愛は大丈夫だよ、と言った。

「ずっと家に居ればいいよ」

ありがとうとは言ったけど、中学生にもなれば、そういうわけにはいかないことぐらいはわかる。気づかれないように溜息をついて、さすがに胸の辺りが少し苦しくなったことを覚えている。


そういうワタシを救ったのは、宮永くんと絵里香。クラスの委員長と副委員長。ワタシの知らないうちにみんなを集めて話をしたそうだ。

「何がどうなったのかはわからないけど、鈴木が家なき子になってしまった。このままだとたぶん親戚の家にお世話にならなきゃならなくて、転校ということになってしまうけど。どう思う？」

愛も話をしたそうだ。ワタシの両親と親戚の家は仲が悪くてそんなところに行きたくないとワタシが泣いていたと。泣いたつもりは全然なかったんだけど、愛にはそういうふうに思えたのかもしれない。

最初に声を上げたのは中村くん。

「オレんち、部屋余ってるぜ」

農業をやっている中村くんの家。

「兄妹も多いし、一人ぐらい下宿人が増えたってモンダイなーし」

宮永くんも手を挙げたらしい。

「家も、部屋が余ってる」

亡くなってしまったお姉さんの部屋。

「あいつがイヤじゃなかったらね」

そういうふうにみんながワタシのために、どんどん手を挙げてくれた。女子はみんな、部屋はないけど一緒に寝ればなんともないよ、と。男子たちだって客間があるから平気だと。そうして、宮永くんがローテーションを作った。ずっと一人の家に居るのはワタシも気まずい思いをするだろうし、そこの家にも負担がかかる。一人の家に二週間。それぐらいならなんともない。二十人居るんだから、四十週間。九ヶ月間ぐらいはそれで過ごしていける。それでダメならもう一度最初からスタート。

「鈴木のお父さんとお母さんがどうなったのか、それがわかるまではなんとかしてもらおう」

それぞれのお父さんお母さんのところを、宮永くんと糸井くんと絵里香と遥が代表して話をして廻って、了解を取り付けた。韮山先生にも相談したし、宮永くんのお父さんの知り合いの弁護士さんにも相談したそうだ。生活費や給食費や学校の積立金なんかのお金に関わることは、とりあえず町の名士でもありお金持ちでもある宮永くんのお父さんが引き受ける。事態の収拾がついた段階で、ワタシの両親もしくは縁者、あるいはワタシが大きくなって社会人になってから支払う。

「そういうふうにしてみたんだけど、どう?」

ニコッと笑いながら、宮永くんは放課後の教室でワタシにすべての計画を告げた。びっくりして半ばぼう然としながらみんなの方を振り返ると、夕暮れが迫っていた教室には茜色《あかねいろ》の光が差し込んできていて、みんなは成り行きを椅子に座ったり机に座ったり壁に凭れたりして見守っていた。

ニコニコ笑っていたり、それでいいじゃん、という声が聞こえてきたり、おせっかいだなんて言うなよーと誰かが笑ったり。

信じられなかった。もちろん仲の良いクラスだと思っていたけれど、〈21〉の仲間だとその頃から思ってはいたけれど、こんなことまでしてくれるなんて。

「みんな」

ダメだった。堪《こら》えようと思ったけど、声を出したらもうダメだった。

生まれて初めて人前でワンワン泣きだした。

駆け寄ってきた愛や絵里香やミーナに抱きついて声を立てて泣いた。泣き続けた。

やっぱり不安だったのだ。愛の家にお世話になっていたから、良くしてくれる愛の家族に心配を掛けちゃダメだって思って強がってはいたけれど、それに気づかないふりはしていたけど、突然の両親の失踪に心の底から不安だったのだ。

それまでは歯科医の娘としてなに不自由なくわがままに育ってきた自分が、いかに小さな存在だったか思い知った。人の優しい心は何ものにも換えがたいものなんだということを、ワタシはそのときに知ったんだ。

その次の日に、ワタシは宮永くんの家にいた。旧家で大昔はこの辺の領主だったたって話の宮永家。宮永くんのお祖父さんはあの有名な画家の宮永光水だし、お父さんも大学の教授だ。お父さんは「何も心配しなくていい」って微笑んだ。

「子供たちが何の不安もないように勉強できるようにするのは、私たち大人の義務だ」

何も悩まずに、クラスのみんなの好意に甘えなさいと言ってくれた。それからちょっとイタズラっぽく笑って小声で言った。

「クラスの男子全員とひとつ屋根の下に暮らせる経験なんて滅多にできないぞ」

宮永くんのお母さんがそんなはしたない！　とお父さんを怒って、みんなで笑った。それもこれも、わたしの気持ちを楽にさせようっていう心遣いなのがわかって、ワタシはまた少し涙ぐんだ。

＊

そんなことをしでかした両親を、ギャンブルに入れ揚げて借金を重ねヤクザ者に追われた父親と、娘を放っておいて一緒に逃げた母親をワタシはまだ許してない。自己破産して違う町で再出発などと言って暮らしている二人だけど、ワタシはその町に足を踏み入れたことは一度もない。

何かあれば、死ぬようなことでもあれば娘として責任は果たすつもりでいるし、病気にでもなって寝たきりになるようなら、対処はする。でも、それだけ。

許してあげることも必要だよと愛は言うけれど、十年以上経っても、そんな気にはなれない。

携帯が鳴った。真砂子《まさこ》さんだ。

「はい。比呂です」

(比呂ちゃん、真砂子です)

「ごぶさたしてまーす」

(元気?)

全然元気ですーと答える。

(半沢くんのことを聞いたんだけど)

「あ、はい」

(大丈夫?)

「うん、ワタシは、大丈夫」

さすがにちょっとショックだったけど、と言うと、真砂子さんも同意した。

（お通夜、行くんでしょ？）

「行きます。今夜です」

一瞬間が空いた。

（ちょっと話したいことがあるんだけど、その前に会えるかな？）

時間と場所を約束して電話を切った。なんだろう。真砂子さんが半沢くんのお通夜に行くとは思えない。まぁ弟の同級生だから顔を出してもおかしくはないんだけど。

真砂子さん。高校を卒業するまでワタシの保護者役を引き受けてくれた人。小原くんのお姉さん。

二週間ずつのローテーションが二巡目に入ったところでようやく両親の消息がわかった。言いたくもないし思いだしたくもない問題や騒ぎがあって、両親はなんとか社会復帰して遠い町に住み始めたけど、ワタシはもう親だなんて思ってなかった。ゼッタイ一緒に住みたくなかった。せめて中学を卒業するまでは、離ればなれになりたくなかったからみんなの好意に甘えたいと思っていたんだ。

一緒に暮らしましょうと声を掛けてくれたのが、小原くんの、小原隆史くんの六つ上のお姉さんの真砂子さん。地元の短大を卒業して就職が決まって、それを機にマンションで一人暮らしを始めるんだけど、良かったらそこで一緒にと言ってくれたのだ。

「親を捨てるような覚悟をしたんだったら、自分一人で生きることを早くに覚えていかないと駄目でしょう？」

真砂子さんはそう言ったのだ。うちにずっと居ればどうだと愛や宮永くんのお父さんは言ってくれていたけど、一人で生きる覚悟をしたのなら、そのためにも同級生の親に世話になるより、私との同居の方がいいんではないかと。

真砂子さんも仕事をしているんだから否応なしに自分のことは自分でしなくちゃならない。小原くんの家にお世話になっているときにも、真砂子さんとは気が合っていたし、かっこいい女性だなぁって思っていたから、ワタシはその提案に頷いたんだ。

男子にはタカシと呼ばれていた小原くんは仲間内でも独特のポジションを持っていた男の子。カメラ小僧で皮肉屋で群れることを何よりも嫌う人。報道のカメラマンになるという目標をあの頃からずっと持ち続けて、実現させた人。大したものだなぁって思ってた。

本人が聞いたら激怒するだろうけど、ワタシは真砂子さんに秘密だからね、とイタズラっぽく笑って教えられたことがある。

「あの子ね、ああいう男だから友達少なくて、だからあなたたちとは絶対に一生友達でいたいって言ったことあるのよ」

そうなんだろうと思う。中学のときの友達と、高校や大学の友人たちとの関係は少し違うと思う。少年少女から少しずつ抜け出していく時期だけど、まだいろんなことが許されるのが中学時代。小原くんの理屈っぽい皮肉も皆が個性なんだと認めた。なにバカ言ってんだよとからかわれて幼さの残る心がそれを容認していく。

勝手に思っていることだけど、カメラマンというのは、もともとが人から一歩離れることで成立するような職業なんじゃないだろうか。あの頃からカメラが大好きだった小原くんは、騒ぎ回るみんなから少し離れていつも写真を撮っていた。みんなの笑顔や真剣な表情や泣き顔や楽しそうに騒ぎ回る姿を、ファインダー越しに見つめていた。

きっと彼は、小原くんは、そういうみんなが大好きだったんだ。一緒になって騒ぐことは少なかったけどいつもみんなと一緒に行動してカメラを構えていた小原くん。

学校が用意した卒業アルバムより、小原くんが撮り続けたワタシたちを、ワタシたちの写真をまとめたアルバムの方がはるかに素晴らしいものになっていた。

みんなが笑ってしまったんだけど、二年前かな。

就職して初めてのボーナスが出た頃。みんなの元に小原くんから宅配便が届いた。何かと思って開けると、よくカメラ屋さんで無料で配る写真アルバムにスナップ写真をたくさん収めたものが入っていた。

中学校の頃の写真。それぞれの人が中心に写ったものを集めたもの。

ワタシのところには八十二枚もの写真が入っていた。

〈ずっとこうしようと思っていたんだけど、ようやく実現できた。あの頃の記念に。ものすごい大変だったのでもう二度とこんなことしないと思う〉

そんなメモが入っていた。ワタシたちが一斉に電話を掛け合って、小原くんの噂話に花を咲かせたのは言うまでもない。

みんながそれぞれにお礼の電話をしたらきっと照れて「忙しいのに次から次とうるさいよお前ら」なんて言うに違いないから、それを期待して女子みんなで示し合わせて、順番に電話を掛けてあげた。案の定、三人目のミーナのときに「お前らわざとやってるだろ！」と小原くんは笑いながら叫んだそうだ。

大学時代を過ごした札幌の街を気に入ってしまって、札幌にある地方新聞社に就職した小原くん。そういえば、写真のお礼にって半沢くんがみんなのところを廻ってビデオを撮って、それを小原くんに送ってあげたんだ。一人だけ遠いところにいるので、みんなが小原くんには高校卒業以来会ってない。きっとお通夜に来るだろう。

久しぶりに会うのが、こんな形でだなんて。

愛の家に泊まることになっているから、着替えと歯ブラシやお化粧品をまとめてカバンに詰め込む。出張も多いから慣れた作業。細身のシェイプのジーンズにワッシャー加工の白い半袖シャツに小さめの薄手のオフホワイトのベスト。葬儀に行くのに張りきってもしょうがない。

着慣れてる着替えやすいものでいい。

電気、ガス、戸締まり、火の用心と呟きながら指差し点検。

「財布、携帯、カギ、よし」

外出前にこうやって点検するのは、真砂子さんと一緒に暮らしたあの頃に身に付けた習慣。ワタシを中学まで育ててくれたのは確かに両親だけど、一人の女としての考え方や、たしなみというか、そういうものをきっちり仕込んでくれたのは真砂子さんだ。一生感謝してもし尽くせないし、実際ワタシは就職してからずっとお中元とお歳暮を欠かさず真砂子さんに送ってる。もちろんそんな品物でなんか返せないことはわかってるし本人はそんなことするなって言うんだけど、ワタシの気が済まない。

うん、やっぱりワタシって義理堅いし古風だな。

駅に向かって歩きながら、なんだかちょっと下腹部が重いなぁって感じていて、具合が悪くなるのかなって思っていたけど違った。

緊張していたんだ。珍しい。今まで故郷に帰るのに緊張なんかしたことなかったのに。久しぶりだからだろうか。それとも何かがあるんだろうか。クラスメイトのお通夜という今までにない出来事がそうさせているんだろうかって思った。

(なんか、イヤだな)

ワタシがこんなふうに緊張したとき、ロクなことが起こらないんだ。昔からそうだった。虫の知らせっていうのか、何かイヤなことが起こる前兆のようにやってくる緊張感。

あのときもそうだった。この人なら長い人生をずっと暮らしていって大丈夫だと思った人の、前の夫の浮気を発見したときも。こんなふうに感じていたんだ。なんかイヤだなぁって思っていたら、突然。

浮気にショックを受けて泣き暮らすような性格はしていないし、一度きりの火遊びで愛した人を見限るようなつもりもなかった。でも、二人でお互いを高め合っていこうと、お互いの人生というものをちゃんと考えていこうと誓ったはずの言葉は何もかも反故《ほご》にされていった。自分のために尽くしてくれる女の方がいいと、ワタシとの結婚は間違いだったと、自分のことを棚に上げてワタシの自由を奪うようなことしか考えられなくなっていったあの人に、未練はなかった。

未練はないけど、自分の愚かさを思い知ったな。あんな男の本性を見抜けないで、何が服はその人の内面から滲《にじ》み出る美しさを引き立たせるだ。どの口でそんなこと言ってたんだワタシは。

反省して、むしろ感謝した。ろくでもない男よどうもありがとう。あなたのおかげで、ワタシはひとつ自分を進めることができたって。

午後三時五十二分にワタシを乗せて到着した電車を真砂子さんは駅で待っていてくれた。今は主婦をやっている真砂子さん。まだ小学校に通う瑠奈ちゃんと万理夫くんがいるのでそんなにのんびりはできないから、このままワタシを佐衣の店まで送ってくれると言う。

「話はすぐ済むから」

車の中で済ませましょ、と言った。駐車場で真砂子さんの軽自動車に乗り込み、ドアを閉めるとキーを入れながら口を開いた。

「半沢くんが自殺したってタカシから聞いたときにね」

「うん」

「すぐにそれが頭に浮かんだの。そうしたら気になっちゃってしょうがなくて、タカシにはとても言えないなって思って」

「それでワタシに？」

「うん」

なんだろう。小原くんに言えなくてワタシになら言えること。車をスタートさせて、前を見て運転しながら真砂子さんは続けた。

「胸の中にしまっておいてもいいことだと思ったんだけど、もしなんかあったときに、知ってる人がいた方がいいだろうなぁって思って」

「なんかって」

「自殺の原因になるようなことを、皆で話し合うようなこと」

あなたたちは仲が良いから、って言う。ということは。

「真砂子さん、何か知ってるんですか⁉」

勢い込んで叫んでしまったワタシに真砂子さんは苦笑した。

「ただの勘違いかもしれないんだ」

そんなことはないはずだ。真砂子さんは、ちゃんとした大人だ。噂好きのただのおばさんとは違う。何かを感じたからこそ、そう思ったんだ。

「韮山先生がね」

「韮山先生？」


佐衣が自宅を改装して開いた喫茶店〈庵〉は駅から車で十分ぐらい。真砂子さんの話を聞き終えると同時に着いて、ワタシはお礼を言って車を降りた。

「今度は、家に遊びに来てね」

「はーい」

走り去っていく真砂子さんの車ににこやかに手を振ったけど、頭の中は少し混乱していた。

佐衣の店に顔を出す前に整理しようと思って、しばらくそこに立っていた。住宅街の外れの佐衣の家。角地に立っているのがちょうどいい感じでお店の雰囲気を作っている。ＣＬＯＳＥＤの看板が出ているけど、入ってきてと言われている。窓越しに、何人かが店の中にいるのがわかった。

「ヒロー！」

「久しぶりー！」

何でもないときなら抱き合ってきゃあきゃあ騒ぐ。今だって騒ぎたいけど、みんながそう思っているのがわかったけど、同じようにみんなが頷きながらそれを自重した。こんなときに不謹慎だ。

でも、ミーナがひしっとワタシに抱きついていた。ワタシもしっかりと腕を廻した。顔を見た瞬間にわかった。あのミーナが、いつもパワフルで元気なミーナがこんなにも打ちひしがれた顔をしている。何かあったんだろうか。

「大丈夫？」

眼が潤んでいるミーナが小さく頷いた。

「元気だった？」

「もう、ぜんっぜん元気」

「相変わらずカッコいいねー」

「褒めたっておみやげはないよ」

カウンターの中で微笑んでいる佐衣と、ミーナと、よっしー、ひろりん、それに愛。半分以上の女子が集まっていた。女の中に、たった一人の男子。キンゴ、林田金吾くん。あの頃のままのどこか飄々とした空気を身に纏って、にこにこしている。

「絵里香はもう少ししたら着くって」

愛が言った。

「遥は？」

「仕事で忙しいみたい。たぶんギリギリになる」

留美と祐子は主婦で仲間同士で結婚した二組だから、旦那さんの松元くん、岩村くんと行動を共にするんだろう。ひろりんの旦那さんはクラスメイトじゃないし、まだ子供がいないから自由に動ける。

「他の男子たちは？」

「比呂」

「糸井くんとリュウジと中村くんは岩村くんの家にいる。川田くんとコウヘイは松元くんのところ。小原くんと宮永くんはこっちに向かっている最中かな」

佐衣が言った。

「まずは、着替えちゃったら？　部屋わかるよね？　コーヒー淹《い》れとくから」

みんなはもう喪服に着替えている。奥のドアから佐衣の自宅へ行ける。ありがと、と言って、荷物を持って奥の部屋へ向かった。

まだお通夜までには二時間ある。晩ご飯を食べるのには中途半端な時間だから、コーヒーを飲んで、佐衣の作った美味しいケーキを食べて、晩ご飯までの繋ぎにすればいい。たぶんみんなもそのつもりだろう。ひょっとしたら佐衣のことだから、軽くサンドイッチぐらいは作るのかもしれない。

時間はまだある。半沢くんのことを一時忘れて、一人っきりの男子のキンゴを肴《さかな》にして女同士の会話に花を咲かせれば二時間なんてあっという間だ。だから、真砂子さんに教えてもらったことは話さなくて済むだろうって考えていた。

言えない。これは確かに言えない。

真砂子さんがワタシだから教えたというのもわかる。ワタシはクラス全員に恩義を感じている。ひょっとしたら孫子の代まで語り継ぐぐらいの恩義を。いくら仲が良い仲間でもそこまでの思いを感じているのはたぶんワタシぐらいだろう。だから真砂子さんはワタシに伝えた。絶対に軽々しく口にしたりしないから。仲間を裏切らないから。

「宮永くんかな」

着替えながら、独り言を言った。もし、これを誰かに伝えるとしたら宮永くんだろう。彼しかいない。宮永くんと、そしてたぶんそれを受け止めるのは糸井くんと、絵里香と遥。我がクラス最高最強の四人。

あの人たちなら、この事実を受け止めてなんとかしてくれる。だから、そのときが来たなら宮永くんに伝えよう。いや、先に言っておいた方がいいか。いくら宮永くんでも突然言われても困るだろう。

「その方がいいかな」

ポンポンと喪服の埃を払って、携帯を取り出した。宮永くんの電話番号を探した。今頃はどこに居るんだろう。こっちに向かっている最中と言ってたっけ。一人だよね。でももし他の誰かと一緒に居るのなら、ワタシからの電話があったことも伏せておいてもらうのがいいかもしれない。二回の呼び出し音で彼が出た。

「比呂です。何にも言わないで返事だけして」

一気に言うと、ほんのわずかな沈黙の後に（うん）と返事があった。

「今電話してて大丈夫？」

（大丈夫だ。ホームにいる。連れはいないから安心して）

確かに騒がしかった。それに、これだけで全部を理解してくれる。さすがだね宮永くん。

「聞いといてほしいことがあるんだ。ワタシもさっき知ったこと」

（晶のことか？）

「うん。みんなには内緒で」

（ひょっとしたら、韮山先生の件か）

驚いた。宮永くん。やっぱりあなたはワタシのスーパースターだ。

＊

お店に戻ると絶妙のタイミングで佐衣がコーヒーを持ってきてくれた。愛の隣に座って、一口飲む。

「美味しい」

「ありがと」

微妙な空気が流れている。騒ぎたいんだけど、騒げない。半沢くんのことを話したいけど、話せない。

「みんな何時頃来たの？」

「そんなに前じゃないよ。私がいちばん最初。三十分ぐらい前かな」

愛が言ってみんなが頷いた。カタン、と音がして佐衣がカウンターから出てきて、テーブルの上に大きなお皿を置いた。思った通り、サンドイッチが載っていた。

「晩ご飯、食べられないかもしれないしね」

佐衣がそう言うと皆が小さく頷いた。そうかもしれない。実際にお通夜に出て、実感してしまったらじゃあご飯でも食べようかなんて、できないかもしれない。小さなお店の真ん中に置いたテーブル。楕円形をしていて、角の半円部分は分けて使うこともできる。そのテーブルをぐるりとみんなで囲んで座って、少し沈黙が流れた。

「さっきもね」

愛だ。

「みんなで、半沢くんのことを話そうと思ってたんだけど」

なかなか難しかったって言った。

「なんか、まだ実感が湧かないし」

ひろりんも佐衣も頷いた。ミーナの表情が曇っている。本当に元気がないなぁと思って、ひょっとしたら半沢くんのことで何かあるんだろうか、あったんだろうかって。ミーナは、女子の中ではいちばん半沢くんと近しかった。同じ軽音楽部だったし。そうだ、キンゴも一緒に。

「よっしー、どう？　元気だった？」

ニコッと笑ってこくんと頷いた。

「元気だよ。カレシできてないけど」

よっしー。西川佳恵。地味といえばクラスでいちばん地味だった女の子。性格も大人しくて、大人しいっていうかもう本当にまるで世界でいちばん小さなリスのようにして、ワタシたちの後をついてきた。

それでも、弱い子じゃなかった。何事にもマイペースで、我が道を行く感じ。それは仲良しのひろりんも同じ。絵が好きで二人で美術部に入っていた。

「ひろりん、旦那さんは？」

「相変わらずですー」

少し舌足らずな口調で、何故か敬語を使うひろりん。あの頃からずっとだった。ひろりんはみんなにですますで答えて、普通で良いのにと言うと「これがわたしの普通ですから」と困ったような顔をしていた。ラガーマンだったというものすごい体格の旦那さまは、文字通り包容力がありそうだった。

それぞれの近況を軽く確認して、それで話題が尽きた。違う、話したいことはたくさんあるんだけど、でも騒げない。

「ところで」

「うん」

キンゴの方を見た。

「何故、キミが一人ここに居るの？」

居てもいいじゃんかよぉとキンゴがおどけてくれる。みんなが笑って、それで場の空気が少し変わる。キンゴの近況を聞いて、美人だというカノジョとののろけ話を聞いて、それで一息。

キンゴは、ちょっと考えるようにしてから、ワタシに言った。

「サイト、見た？」

「サイト？〈21〉の？」

キンゴが頷いた。そういえば昨日今日は見ていない。そう言うと、頷いた。

「あそこに書いたんだけどさ、皆に、集まったところで話したいことがあって」

「話したいこと」

「ミーナもそう書いてましたよね」

ひろりんが優しく頷いた。みんなミーナの様子がおかしいってわかってる。

「そう」

「やっぱり、半沢くんのことですか?」

小さく頷いた。なんだろう。佐衣の表情も少しだけ曇ったような気がする。佐衣は何か知ってるんだろうか。

「だからさ、さっき岩さんに電話で頼んでおいたんだ」

「なにを?」

「教室に入っていいかって、訊いておいてくれって」

教室。ワタシたちが三年間を過ごして、半沢くんが自殺したところ。

「お通夜の後にさ、そこに皆で集まろうかなって思ったんだ」

ミュージシャンになりたいって言ってたキンゴは、結局専門学校を卒業してホテルマンになった。愛想が良くて気配りが上手くて、そして喋ることも上手なキンゴにはピッタリだねってみんなで話していたんだ。キンゴのライブは歌を聴かせるよりも喋りがおもしろくて、漫才をやった方がずっといいんじゃないかってからかわれていた。

「それはさ、半沢くんの自殺の理由に関することなの？」

ワタシが訊くと、キンゴは真剣な顔をして頷いた。そうなんだ。あの日から、宮永くんから電話があった一昨日《おととい》の夜から、何度も何度も考えて、何人かの仲間とも電話で話したそのこと。

〈自殺の理由〉

遺書も何もなかった。病気を抱えていたわけでもなかった。失恋したという話も聞いていないし、とにかく理由がわからなかった。

「今ここで言ってもいいけど」

そんなに長い話じゃないから、また後で同じ話を繰り返してもいい。どうする？　とキンゴは言った。あの頃とは違う、大人の顔をして。

何かが起こると予感したのは、下腹部が重くなるぐらい緊張していたのはこのことなんだろうか。半沢くんの自殺に関して、その理由について、衝撃的なことがキンゴの口から語られるんだろうか。

「それは」

佐衣だ。佐衣は不思議な女性だ。押しが強いわけでも気が強いわけでもなんでもないのに、彼女の言葉をみんなが待つことが多かった。昔からそう。わいわい騒いでいても、佐衣が口を開くとみんなが次の言葉を待った。

「相当に、良くないこと？」

みんなが佐衣からキンゴへと顔を向けた。

「良くないね」

言いながら椅子の背に凭れかかって腕を組んだ。

「特に免疫のない連中にはツライかな」

「免疫って？」

ワタシが訊いた。

「比呂は大丈夫かな。東京で揉《も》まれてるし」

キンゴも東京だ。ということは。

「なんとなく想像はついた」

「早いね」

愛とひろりんとよっしーが首を捻って、佐衣が顔を顰めた。佐衣が顔を顰めると眉間にシワが寄る。

「言ってみて」

佐衣が眉間にシワを寄せながら言った。

「どっちみち、こんな中途半端なままじゃすっきりしないし」

キンゴはみんなの顔を見回して、ひとつ小さな溜息をついた。

「男はさ、たぶん怒りだして通夜にも行かないなんて言う奴もいるだろうから、オレはここに来たんだ。あのカキコミのことを訊かれたら言わないわけにはいかないから」

そういうことか。なんでキンゴだけここに居るのかと思ったら。

「晶は、クスリやってた」

クスリ。

「ドラッグさ」

言い換えて、キンゴはみんなの顔を見回した。反応を確かめるように。ワタシは唇を軽く噛んでそれで済んだけど、愛もひろりんもよっしーもミーナも眼が丸くなっていた。佐衣だけは表情を変えなかった。

そんなに遠い町じゃない。電車に一時間半も揺られれば東京に着く。テレビも映らない山奥じゃあるまいし、情報の速度はこの町に居てもそんなに変わらない。それでも、ワタシたちの故郷のこの町は、いい意味で田舎だった。山と海に囲まれて、住む人の速度がゆっくりしていた。今でも、こんな時代でも、教育の崩壊とか自殺とかドラッグとか残忍な事件とかと無縁の町だ。

だから、ずっとここに居る愛もひろりんもよっしーもミーナも、ある意味では世間擦《ず》れしていない。いろんなことに免疫がない。愛は渋谷の街を歩くといつも具合が悪くなる。人混みに酔うんだ。

「警察に捕まったこともあるんだ。あいつが誰にも言わないでくれって頼むから今まで言わなかったけど」

「どうしてキンゴが知ってるの？　他には？」

首を横に振った。

「オレしか知ってる奴はいないよ。オレが知ったのも偶然なんだ」

「偶然って？」

キンゴは、黒のスーツの上着の内ポケットに手を入れて小さな革袋を取り出した。水晶。仲間の証し。キンゴの水晶は何番だったかなって考えていた。

「半年ぐらい前かな。仕事で知り合った刑事さんがいるんだけど、その人から携帯に電話があったんだ。ドラッグを買った若い男を一人逮捕したんだけど、お前の友達じゃないかって」

「半沢くんだったの？」

「何にも喋らなかったんだって。でも持ち物の中にこの革袋があって、水晶が入っていた。その刑事さんはオレがそれを持ってるのを知ってたんだ。卒業記念に貰って、クラスメイトは皆持ってて、大事な大切な品物だってこと」

「だから」

言うとキンゴが頷いた。

「それを持ってるのは仲の良い仲間だってことも知ってたから、迎えに来るかって。それと」

言葉を切って、少し顔を下に向けた。

「それと？」

「友達なら、大事な仲間なら助けてやれって」

初犯だったそうだ。今ならまだ間に合うとその刑事さんは言っていたそうだ。

キンゴは、ひとつ大きな深呼吸をした。

「だから、晶を殺したのはオレだ」

みんなが眼を丸くした。

「なに言ってんのよ」

「助けられなかった。晶を。あいつがいろいろ悩んでいて、音楽で有名になるとか言っても全然芽が出なくて、焦ってて、だからドラッグなんかに手を出して、きっとそれで死んじまった」

キンゴの顔が少し強《こわ》ばっていた。

「なんとかしようと思ってたんだけどさ。忙しいし、毎日あいつを監視するわけにもいかないし。言い訳だけどさ」

「キンゴのせいじゃない」

ミーナが何かを言いかけたのを、キンゴは手で制した。

「いや。オレのせいだ。もっと早いうちに同じ東京にいる宮永やリュウジに相談するべきだったんだ。晶の、誰にも言わないでくれってのを、その頼みを聞いちまったオレの責任だ」

だから、とキンゴは言葉を切った。

「通夜が終わった後にさ、教室に集まってもらって、オレはそこで皆に土下座する。晶が死んだのはきっとまたクスリをやっておかしくなったんだ。オレはそんな晶を助けられなかったって。そんときに、改めて謝るから」

だから、みんなは何にも言うなってキンゴは言った。

「きっと、いろんなことを考えたと思う。自殺の理由はなんだろうって。これがきっと自殺の原因だ」

眥《まなじ》りを強くして、キンゴはみんなの顔を見回した。唇を固く結んで、これ以上何も言うな、というのがそこから伝わってきた。

本当なんだろうか。あの半沢くんがドラッグを？

キンゴは、ワタシを見た。その瞳の奥に、何かが揺れたような気がしたのは、勘違いだろうか。まだ、考える時間はあるだろうか。ミーナもひろりんもよっしーも愛も佐衣も黙っている。

さっき、ワタシなら大丈夫かなってキンゴは言った。東京に居るから免疫があるからと。あれは、どういう意味だったんだろう。

随分長い間考えたような気がしたけど、たぶんほんの数秒。

「考えられないことじゃないよね」

ワタシの口がそう言った。みんながワタシを見た。

「確かに半沢くんは人より繊細なところがあった。弱いところもあった。ミュージシャンになりたいのに、音楽でご飯を食べていきたいのになかなか上手くいかない。それなのに同じ仲間のリュウジはどんどん有名になっていく。そういうジレンマはかなりあるんだろうなって思ってたんだ」

佐衣に眼で同意を求めると、頷いてくれた。

「だから、クスリに走ってしまっても、たぶんその現場を見てもワタシは驚かなかったと思う」

「そうなの？」

愛が訊いてきた。頷いた。

「実はね、同じ店で働いていた女の子がドラッグに走ってしまって、実家に帰ったこともあったんだ。東京で暮らしているとそれは、そういうことは非日常の世界じゃないよね。けっこう、地続きの現実なんだ」

佐衣が小さく頷いて、愛がうーんと考え込んだ。これで良かったんだろうかって、すぐに思った。キンゴを見ると、少し微笑んだような気がした。

でも、キンゴ。

林田金吾くん。

キミはあの頃から口が上手かったよね。ネタ作りが上手だったよね。

本当に、半沢くんはクスリをやっていたの?


「あのさ」

少し乱暴な口調で、ワタシは言った。自然に出た。ちょっと男の子っぽい女の子。少しがさつで姉御肌の女の子。からかう男子に「てめぇこのやろう」と言って殴りかかることもできる女の子。クラスの女子の中ではワタシはその役割だった。

この空気をかき混ぜることができるのは、この場にはワタシしかいない。半沢くんの自殺には匹敵しないだろうけど、それがなければ確実にみんなの話題の中心になるネタも持っているし。

「じゃあ、これ以上暗くなりそうな話は後回しにして、聞いてくれる?」

努めて明るく声を出した。愛がすぐに空気を読んで「なになに?」と笑いながら身を乗り出してくれた。

「愛にも言ってなかった事実なんだけど」

「うん」

みんなが興味津々という顔をしてくれる。

「引っ越しして三ヶ月過ぎたの」

「引っ越し？」

ワタシは結婚式をしなかった。籍だけ入れて、みんなにはハガキを送ってそれで終わり。そのうちにクラス会をしたときにでも、みんなでついでに祝賀会をやってねーと終わらせた。だから、ワタシの元の夫に会ったことがあるのは、愛と絵里香と遥ぐらい。

「今は一人で暮らしているの」

「一人って」

「それって」

「この度わたくし〈鈴木〉比呂に戻りました。ちょっとブラックだけど、死亡第一号が半沢くんだったら、離婚第一号はワタシってことで」

ウソォ！　とかホントに！　とか声が上がって、みんなの頭の中から半沢くんの影が消えた。いや消すことができたと思う。こんなことに使えるとは思ってなかったけど。

「なんで、って訊いていいの？」

男と女の間の出来事や感じ方は、その当人たちにしかわからない。二十四になってそんなことも少しずつ、というか感覚として理解できるようになってきたと思う。それは、みんなも同じだと思う。だから、他人に言うときにはあたりまえの表現でしか言えない。

「なんかね」

正直言ってちょっと慰めてもらおうかって思ってたんだけど、軌道修正。貴重な経験をして新しい人生を歩みだした、言い換えると新しいイイ男を探し始めるワタシの体験談を話した。前の旦那はどんなにひどい奴だったか、いかにして失敗したかをおもしろおかしく。

みんなノってくれるはずだ。何といっても生き死に以外の他人の不幸は蜜の味だ。離婚の真相なんてものはいちばんの果実なんだから。

キンゴは、男子代表でいかに男が悪いどうしようもない生きものかってことでグダグダにさせてもらおう。今までの経験をあることないこと白状させよう。

ワタシに、ウソをつかせたんだから。


何もわからない。

どうして半沢くんが自殺したのか。どうしてキンゴは、ひょっとしたら一生に一度の大芝居を打ったのか。この後も、みんなの前で打とうとしているのか。

でも、わかっていることがただひとつ。半沢くん以外の、残されてしまった仲間のために、これからもずっと生きていかなきゃならないみんなのために、それをしているってこと。

だったら、それに乗っかってウソでもなんでもついて構わないと思う。


半沢くん。

ワタシは、死んでしまったキミに少し怒った。

どうして自分から離れていってしまったのかって。どうしてずっと同じ日々を生きていく仲間でいてくれなかったのかって。同じ時代に、同じ空気を吸って、同じように歳を取ってくれなかったのかって。

みんな、キミが大好きだったのに。

でも、ちょっと怒ったけど、許すよ。そしてお通夜では手を合わせて謝るよ。力になれなくてゴメンって。あのとき、家なき子のワタシに何日も家族同様に優しくしてくれたのに、ワタシは何もできなくてゴメンって。

だから、みんなをもっと強く結びつけてほしい。そこから、そう願ってほしい。

このことがみんなの間を遠ざけるんじゃなくて、もっともっと強い絆で結んで、こんなへんな時代を生きていける力をみんなに与えてほしい。たくさん。

神様になんか願わないよ。

半沢くん。

キミに願う。

二〇〇五年七月三日　午後七時十分　宮永恭介

一人で、通夜を抜け出して教室に来ていた。

そういう男なんだ。あまりそうは見られないんだけど小心者で、事前にきちんと準備をしないと不安でしょうがない。アドリブは利く方だと思ってるけど、そのアドリブは入念な準備に裏付けされてるからこそ、出てくるものだ。何も準備しないで素晴らしいアドリブができる人は天才で、あいにく俺は天才じゃない。

だから、一人で教室に来たかった。

ここで晶が死んだことを、肌で感じたかったんだ。それでどうなるわけじゃないけど、少なくとも心の準備はできる。これから始めることへの覚悟はできる。

教室に、月明かりが窓枠の形に切り取られたように差し込んでいた。机や椅子がそれをさらに複雑な四角形の組合せにしている。かすかなチョークと床のリノリウムの匂い。廃校になってしまったここには学校の匂いは残ってはいるけれど、生徒たちの、そこにいつもいるはずの人間たちの残滓《ざんし》は何もない。気配が、ない。

だから、なんだか空気が、空々しいんだ。

「変な日本語だな」

自分で思って自嘲した。

別にしておくことなんか何もない。ただ、一人でここで皆が来るのを待つだけ。それだけ。自分の頭の中を整理して、皆に何を話さないで何を話すべきか。誰の発言を受けて、誰の言葉を遮るか。今まで、晶が死んだという電話を岩さんから貰ってからずっと考え続けてきたことを、もう一度確認するだけだ。

どうしたら、晶が死んだことを皆で納得して、一人減ってしまった仲間への温かい思いを確認して、そうしてそのまま続く明日へ抱《いだ》いていくことができるだろうか。

そのために、どんな嘘をつけばいいのか。どんな事実を暴けばいいのか。

俺が考えなきゃならないのはそれだけ。

それが、俺の役割なんだと思っている。

「そうだよな、晶」

呼んでみた。

一瞬、晶の姿が、幽霊になった晶が教室の片隅にでも現われないかと思ったんだけど、それはさすがになかった。

「ないよな」

怖くはない。ここが母校じゃなくて、ここで死んだのがまったくの赤の他人だとしたら、薄ら寒くなってとてもじゃないけど居られないと思うけど。

明かりを点けた。

教室の蛍光灯の光っていうのは、どうしてこんな色なんだろうと思う。そこらにあるものと違いはないはずなんだけど、こうして外が暗くなってから点ける教室の蛍光灯は、どこかほの温かいような気がする。蛍光灯の光に熱はないはずなのに、そんな気がする。

下敷きを飛ばして蛍光灯を割ってしまい大騒ぎになった。飛ばしたのは誰だったか。

給食のパンの欠片をいつも雀《すずめ》にあげていたのはミーナだったっけ。

モップを振り回して廊下に正座させられたのはコウヘイともう一人、誰だ。

十年も経つとおぼろげになってしまうこともある。でも、今も、はっきりと思い出せることもある。

「韮山先生」

思春期なんて言葉は全然ピンとこないけど、もし、男子が思春期に出会った年上の若い女性に大いなる影響を受けるのだとしたら、それが韮山先生で本当に良かったと思っている。あの人が、入学式のときにあのことを言わなかったら、その柔らかな明るい笑顔を振り撒いてくれなかったら。

俺たちは、こんなにも強く結びつかなかったのは確かだと思う。

二十一世紀に、二十一歳になる、二十一人の仲間。

21・21・21。〈twenty one〉。

ここで、この教室で、そういうふうに結びつけられた仲間。

その内の一人が、死んだ。この教室で、自殺をした。

出席番号九番。

半沢晶。

「バカヤロウ」

机を軽く拳で叩いた。コン、という乾いた音が教室に響いて、どこかに吸い込まれていく。

ただでさえ忙しいのに、お前がこんなややこしい死に方するから、あれこれやらなきゃならないことが増えちまった。考えなきゃならないことが多すぎて、ほとんど寝られなかった。

今度会ったときには、会えるときがあるなら、何かで返してもらうからな。


俯いて、床を踏みしめてみた。キュッ、と独特の音がする。あぁこの音は教室の床の音だと何かが反応する。ここに居た頃には何も感じなかったのに、学校というものを卒業してからは、そういうものに敏感に反応してしまう。

「それだけ歳を取ったってことなんだよな」

ここで騒いでいた二十一人の仲間。ここで出会って、それぞれに高校に行って、そこを卒業して就職や大学へと進路を別にして十年が経っても〈仲間〉だと言い合える。それがどれほど貴重なことかは、社会に出てその風の厳しさを実感する度に、ありがたく思っていた。

十人の女子たちは、本当に仲が良かった。中学校のときはもちろん、卒業して高校生になってからも、そして高校を出て社会人や大学生になっても、事あるごとに集まっては騒いでいた。

男は、そんな感じにはならない。晶と俺も、そんなにつるんでいたことはない。確かに仲は良かったけど十一人全員の足並みが揃うことなんか滅多になかった。

晶と俺は、その代表格だ。中学時代に二人きりで遊んだことなんかほとんどなかったし、社会人になって同じ東京に居ても二人で会うことはまずなかった。性格が合わないとかではなく、お互いのテリトリーに近づかない方がいいとわかっていた、野生の草食動物みたいな感じだ。近づいてもケンカしたりはしないけど、並んで歩いたりもしない。

似た者同士だったのかもしれない。

自分の周りに居る、好ましいと思う人たちのことを気遣うのが、まったく苦にならないタイプの人間。

俺も、晶も、そういう男だ。

ただそのベクトルがまったく違っただけ。

少しばかり大人びていて器用で要領が良かったから、嫌味なく人の先頭に立てるのが俺だとしたら、晶はその天性の無邪気さで皆を自然に楽しませた。クラスの人間が困っているのを、手を引っ張って助けてやれるのが俺だとしたら、傍に寄り添ってその優しさで癒してやれるのが晶だ。

それが、お互いにわかっていた。だから、近づこうとしなかった。

でも、一度だけ、二人きりでほぼ丸一日を過ごしたことがあった。

「二年生のときだよな」

六月の日曜日だ。祖父の関係で貰った東京の美術館であった絵の展覧会を観に行こうとしていた。貰ったことをすっかり忘れていてその日が最終日でたまたま何の用事もなかった。絵里香を誘おうとしたけど都合が悪くて、それなら一人で行った方が楽だと朝早くから駅に向かった。

そこに、晶が居た。お互いに「あれ?」と声を上げて当時流行っていた拳を合わせる挨拶をして、笑い合った。

「どこ行くの」

「東京。絵の展覧会」

「オレも東京」

「なにしに」

いろいろ、と笑った。その頃から晶は、一人で行動することが多かった。クラスの仲間と行動するときは別にして、自分の家に居着かないという意味で。その理由を俺は知っていた。

どういうわけか家族の中で、あいつだけが美しかったんだ。兄貴や妹もいるけどまったく顔立ちが違った。お父さんお母さんの顔を見ても、晶との共通点を見出《みいだ》すことが難しかった。申し訳ないがどう見ても他の皆さんは十人並みの容貌だ。話ではひいひいじいさんに遡《さかのぼ》ると非常に美男子だったそうだが、確かめられるはずもない。

本気で貰いっ子じゃないかと悩んだ時期もあったそうだけど、お母さんが自分のお腹を痛めて産んだ子であることは間違いない。もう少し大きくなってからは、お母さんが浮気して産んだ別の男の子供じゃないかと疑われたこともあったそうだ。

だから、あいつは家に居たがらなかった。別に父親がそうやって疑って晶を苛《いじ》めたとかそういうのはない。兄貴や妹に邪険にされたということもない。

ただ、明らかに違う晶を、家族の誰もが何らかの特別な感情を胸に秘めて見ていたのは確かなんだ。

当時はまだ元気だった晶のばあさんなどは、晶を神の子として拝んだほどだった。

それが晶を、家に居着かず常に外を歩き回る子にさせた。知っていたから、「じゃあ一緒に行くか」と誘ったんだ。

「楽しかったよな」

そう。楽しかったんだ。お互いに本能的に近寄らないようにしてたとはいっても、ある意味では似た者同士だ。

二人とも、なんでもない風景や、他愛ない会話や、そぞろ歩きを楽しめる男だった。東京の街に溢れるいろんなものを理解して、それについて話し合えた。ほんの少し何かが違えば、親友として付き合えたかもしれないぐらいだ。

それでもやっぱり、何かが俺たちは違った。

夕方に電車に乗り込んで、少しずつ暮れていく空を観ながら二人で黙って座っていた。家に来て晩飯食べていくか？　と訊くと、晶は少し笑って首を横に振った。俺のそういう気遣いを、あいつはイヤがった。俺もそれは知っていた。

そういう思い出が、後悔を連れてきそうで、顔を巡らせた。時計を見た。

そんなに経たないうちに、通夜を終えた皆がここにやってくる。全員が、晶を除いた二十人だけど、クラス全員がここに集まるのなんて卒業式以来だ。こんなことで集まるなんてのは誰一人予想していなかっただろうけど。

「まさかね」

こんな気持ちで教室を訪れることになるなんて。

机も椅子もあの頃のままに置かれている。ひょっとしたら新しくなっているのかもしれないけど、形は同じ。卒業の頃には廊下側の後ろから二番目の席だった。後ろはコウヘイで、前に座っていたのはリュウジ。

二十五歳を過ぎた今になって、十二歳から十五歳までの三年間を振り返るとただただ温かいものだけで満たされていく。そんな時期を過ごせたのは本当に幸せなことなんだよなと思う。しかも、それが俺だけじゃなくて、他の皆も同じように感じているっていうのは、奇跡に近いかもしれない。

ケンカはあった。性格の合わない同士だって居たはずだ。それなのに、そういうものが全部良い方に消化されていったのはいったい何だったんだろうって思う。〈twenty one〉という言葉で結びつけた韮山先生の存在は大きかった。

ただ、晶だけが。

「ゴメンな」

どこに向かって言っていいものかわからなかったから、晶が座っていたはずの席の机に手を置いて言った。

「あの頃に、気づいてやっていればな」

ムリな話じゃなかったはずだ。考えれば、ここに至る兆候はきっとあったはずだ。俺は、気づけたはずだ。

でもわからなかった。気づかなかった。気づこうとしなかった。

さっき意識して遠ざけようとした思いがまたぞろ顔を出してきた。

後悔先に立たずという諺《ことわざ》を、二十五にして身にしみて感じることができた。それが遅いんだか早いんだか、この先の人生に役立つのかどうか。


遠くの方でドアが開く音がして、廊下を歩いてくる足音が響き始めた。スリッパの足音。

ドアが開いてそこに立っていたのは、タカシ。小原隆史。

「やっぱりここに居たか」

「先に来ちまったのか」

こくんと頷いて、少し笑みを浮かべながら入ってきた。入ってくるなりいきなりカメラで写真を撮り始めた。教室のあちこちに向かってカメラを構えて、無造作に、慣れた動作でどんどんシャッターを切っていく。

「フィルムか」

ミノルタのかなり古いタイプだと思う。ひょっとしたら中学生の頃に使っていたやつじゃないか。訊くと、いったんファインダーから目を離して頷いて、笑った。

「幽霊はデジカメには写らないって言うじゃないか」

「そうなのか？」

まぁ確かにデジカメのディスプレイに映っている幽霊というのは、あんまり様にならないかもしれない。

「撮る気なのか？　晶を」

あぁ、とタカシは頷いた。

「自分のカメラを買ってから十五年、カメラマンとして新聞社に就職して三年目。プライベートでも仕事でも写真を撮りまくってきたけどさ、幽霊だけは撮ったことがないんだ」

「ヌードはあるのか」

「あるぞ」

「そうか」

「良いチャンスだと思ってさ。皆揃ってからだと顰蹙《ひんしゆく》買うだろ」

「悪趣味だな」

忘れたのか？　と笑った。

「オレはあの頃から悪趣味だったじゃないか」

「そっか」

いつでもどこでもカメラを構えて皆を撮っていたタカシ。一人だけ皆から少し離れていたタカシ。人一倍淋しがり屋のくせに、人一倍ひねくれもので、今も、一人だけ遠い北海道で、きっと皆のことを思いながら仕事をしているんだろう。

悲しくて悲しくてしょうがないくせに、憎まれ口を叩きながらこうやってカメラを構えている。きっと、晶の、あの整った顔立ちが最高の笑顔を見せている写真を、最後に撮ってあげられなかったことを悔いながら。

「机や椅子があったんだな」

「ああ」

廃校になったんだから、なくなっていると思っていたと言う。

「セミナーとかに使っているらしいからな」

「なるほどね」

処分する方が逆にお金が掛かるという話も聞いた。そう言うとさもあらんというふうに頷く。

「どこで、首を吊ったんだ」

「あそこだ」

教室の真ん中の天井辺りを指差した。

「あんなところでどうやって？」

「あの梁と天井の間には少しだけ隙間があるんだ」

「へー」

それは知らなかったな、と呟いた。

「掃除を真面目にしてた奴なら知ってるよ」

「そりゃ済まんかった」

お互いに顔を見合わせて苦笑して、またタカシはカメラを構えた。今度は俺に向かって。

「しばらく会わないうちにいい被写体になったじゃないか」

カシャッ、とシャッター音が響く。

「お褒めにあずかり光栄」

カシャッ。

「住所は変わってないか？」

「変わってないけど？」

「後でこの写真送ってやるから遺影にでも使え」

カシャッ。

「せめて見合い写真とか言えないのか」

ファインダーから目を離して、タカシが微笑んだ。

「お前が仁木以外の女と結婚するはずないだろ」

思わず笑ってしまった。

「懐かしいな、その台詞」

七年前にも、聞いた。

＊

絵里香は、出席番号十七番の仁木絵里香は、小学校を終えると同時に引っ越してきて中学で一緒になった。だから、あのクラスではたった一人の新参者だったんだ。ほとんどが幼なじみや顔見知りと言ってもいいクラスの中で、彼女は一人だけ緊張した面持ちで椅子に座っていた。

その顔を初めて見たとき、思わず声が出そうになった。それはたぶん、姉をよく知る糸井や他の皆も同じだったはずだ。

仁木絵里香は、そのほんの何週間か前に死んだ姉と瓜二つだったからだ。

違いと言えば髪形ぐらいで、ショートカットを好んだ姉とは反対に、絵里香の髪の毛はクラスでいちばん長かった。もちろん並べて見れば違いはたくさんあっただろうし、別人だねと判断できるだろうけど、双子だと言われても誰も疑わないぐらい、そっくりだった。

俺が絵里香にことさら優しく接しても、知ってる人は誰も不思議に思わなかったし、優しい仲間たちは絵里香に姉さんのことを話すことはなかったそうだ。それはずっと後になってから、佐衣や遥に聞いた話だけど。

姉さんを、四つ上だった宮永今日子という女性を姉ではなく女性として意識したのは、中学二年生のときだった。

それまでに、絵里香とは公認のカップルのようになっていた。委員長と副委員長という立場は一緒にいる時間を長くさせたし、何より気が合ったんだ。音楽の趣味も、映画好きというところも、感じ方も考え方も似通っていて、話をするのが、一緒に行動することが楽しかった。

好きだと思っていた。

絵里香という女の子が好きなんだと思っていたけど、そうはっきりと意識した中学二年のときに、浮かんできたのは姉さんのことだった。

姉さんにそっくりな絵里香、絵里香にそっくりだった姉さん。

そう思って考えると、その優しい性格も、芯の強さも、似ているような気がしてきた。

絵里香が好きなんじゃなくて、姉さんのことが好きだったんじゃないか？

いや姉さんが好きだったからこそ、絵里香のことを好きになったんじゃないか？

その疑問を追究するのは、中学二年の男子には手に余ることだった。だから、絵里香にも好きだと言えずにいた。何も確かめないうちにそんなことは言えない。

ずっと抱え込んだまま中学時代を過ぎて、高校生になって、俺は絵里香に何も言えないまま
それでもいつも一緒に過ごして、恋人同士のようにデートをしてお互いのことを気遣って、思いやって、もう二度と離したくない、これからもずっと一緒に居たいと思いながらも、ダメだったんだ。

姉さんの幻を消すことはできなかった。

絵里香も、それをわかっていた。知っていた。

だから何も言わなかった。


高校を卒業して、皆がバラバラになってしまう頃に、タカシが家にやってきた。誰かが突然家に来ることは今までも何度もあったけど、タカシが一人でやってくることなんてそれまでは一度もなくて、玄関先で思わず「どうした？」と驚いたほどだった。

タカシは、あのいつもの皮肉っぽいような雰囲気を湛《たた》えた笑みを浮かべて、Ａ４ぐらいの封筒を差し出した。

「なんだ？」

「写真」

「写真？」

中に、大きく引き伸ばした絵里香と俺の写真が入っていた。海で、二人で歩いている写真。いつ撮られたのか全然知らない。

「へー」

良い写真だと思った。その頃からデザインというものに興味を示して、大学も美大にしたぐらいだからもちろん写真にも興味を持っていた。自分なりに良い写真、普通の写真という基準も持っていた。

タカシが持ってきた俺と絵里香が写った写真は、確かに良い写真だった。

「夏に、偶然見かけてさ、望遠で撮ったんだ」

「そうなんだ」

「部屋に飾っておけよ。今のところのオレの最高傑作だと思うから」

確かに。砂浜を歩く本当に何気ない様子を撮ったものだけど、二人の微笑みは確かに幸せな雰囲気を醸し出していて、自分で言うのもなんだけどお似合いのカップルだと思った。

「ありがたく飾っておく」

タカシも笑って頷いた。

「何年か経って、別れて押入れにしまい込んじゃったら悪いな」

冗談でそう言うと、タカシはなんだかきょとんとしたような顔をして、言ったんだ。

「お前が仁木以外の女と結婚するはずないだろ」

それはまるで砂糖が甘いのはあたりまえだろ、みたいな感じの口調で言われたものだから、思わず聞き返したんだ。

「なんでそう思うんだ？」

バカじゃないのか？　という顔をした。タカシはよくそういう表情をするんだ。きっと知らない人だったら一目でムカツク顔。

「こんなに似合う二人が別れたら、オレたちはいったいどうしたらいいんだ。何を信じたらいいんだ？」

＊

「今でもそう思ってるんだからな」

　そう言って、タカシはカメラのレンズにキャップをして、抱えていたバッグに入れると腕時計を見た。

「お前と仁木は、オレたちの希望の星なんだ」

「なんだよそりゃ」

　冗談じゃない、とタカシは肩を竦めて見せた。

「頭も良くて、ルックスも良くて、性格も良くて、そういう二人が好き合ってて恋人同士になって、東京でCMディレクターとイラストレーターっていう誰もがなれるわけじゃない職業に就いて頑張っている。しかももう既に芽が出ている。これからどんどん大きくなって、リュウジ以上の有名人になるかもしれない」

　そんな二人なんだぞ？　と言って、続けた。

「そんな二人に、悲劇が訪れて、他人の不幸は蜜の味と喜ぶような仲間じゃないんだ。二人にはもっともっと幸せになって、あれがオレたちの同級生なんだ、今もお互いに仲間だと思い合っている友人なんだと自慢したい。そうでなきゃ困ると皆がそう思ってる」

お前たちには、そうならなきゃならない責任があるんだと。

「そりゃ、重いな」

「重いさ」

気の毒だけどさと続けた。

「そういう役回りなのさ」

二十一人の仲間は、それぞれに自分の役を持っている。お前と仁木はそういう役なんだと笑った。

「お前は、どんな役なんだ」

決まってるじゃないか、と。

「憎まれっ子世にはばかるって言うだろ」

「そうだな」

「最後の最後まで生き残って、生前に撮ったクラスメイト全員の写真を、日がな一日縁側で整理している爺《じい》さんになるってのが、オレだ」

「良い役だな」

ドラマのラストシーンにはもってこいだ。

「季節は秋だよな」

「庭で落ち葉を焚《た》いたりしてな」

イモを焼いてるのをうっかり忘れてたりするんだ、とタカシは笑った。

「じゃあ」

晶は、どんな役回りだったんだと思った。

「ここで死んじまったあいつは」

二人で天井を見上げた。

「わからんな」

タカシが顔を顰めた。

「それを決めるために、この場をセッティングしたんじゃないのか?」

「そうか」

そうだな。その通りだ。晶の死に意味を見出すために、ここに来ている。

「もう来るんじゃないか、その他大勢のエキストラのみんなが」

ひどいな、と笑った。

「そうだな」

どうするんだ? とタカシは訊いた。

「皆で思い出話をして、最後に黙禱《もくとう》して帰るのか」

「いいな」

それで済ませられたらいい。

「そう思ってるんだけどな」

そうはいかないんだろう。

サイトに話があると書き込んだミーナとキンゴは、きっと晶と何かあった。それを自殺の原因と考えてるのかもしれない。ミーナは本当に何かあったんだろうし、キンゴのは案外ガセネタかもしれない。

「出たとこ勝負」

そう言うと、タカシはポンと肩を叩いて、椅子に座った。

「任せるよ、委員長」

学校は禁煙だよなぁと言いながら煙草を取り出した。一応管理の人に許可は貰って、防火バケツに水を張って用意しておいた。

「窓のところで、開けて吸えよ。遥は最近嫌煙権にうるさいぞ」

「そりゃやべぇな」

窓を開けると同時に、車の音がした。何台かが正門のところから入ってきたのがわかる。ドアを開く音がして、誰かの「懐かしいー」という声も響いてきた。

一度、大きく深呼吸をして、天井を見上げた。

そこにぶら下がっていたという、晶。

もう一度、心の中で、バカヤロウと呟いた。

十八人の、二十五歳を過ぎた男女。女子は黒のワンピースや喪服に身を包み、男子は黒やグレイのスーツを着たままで、教室の中に入ってきた。

懐かしいという感情と、ここで晶が死んだんだ、という思いと、これから何が起こるんだろうという不安と。

そんなものがあっという間に教室という空間を満たして、それでも、三年間を共に過ごした場所に再び全員が集まったという思いが、全員の心の中にほのかな明かりを灯《とも》していた。温かい、何かを。

思い思いに、あの頃と変わらない壁の傷や、黒板や、黒板消しや、掲示板や机や椅子に歓声を上げたり何事かを話し合ったりしている。

糸井とリュウジが傍にやってきて、軽く頷き合った。

岩さんとコウヘイとまっちゃんが何かを話し合ってる。

翔とキンゴと尚人が、タカシのカメラを手にしながら談笑している。

ミーナと愛とヒロが、掲示板の時間割のところで笑い合っていた。

神原さんと祐子と佳恵と博美が少しだけ真面目な顔をして何事か話している。

絵里香と遥と佐衣が、壁に貼られた絵を見ながら微笑んでいた。

そういう時間が二、三分も流れると、糸井がここだったよな、と言いながら、卒業の頃に自分の席だったところに座った。それを見て、他の皆も自分がどこに座っていたかを思い出しながら移動して、机の数があの頃とは違うので厳密に同じではないけどそこに座りだした。

机と椅子が立てる音は、あの頃と同じだ。まるで先生が入ってきて慌てて皆が椅子に座ったみたいだった。

教卓のところに立っているのは、俺だけになった。

皆が、俺を見ていた。あの頃みたいに。

「やっぱ宮永はそこが似合うな」

岩さんが言うと、皆が微笑んで、同意の声が上がった。

「あのさ」

コウヘイだ。愛嬌《あいきよう》のある顔立ちはそのまんまに、かなりボリュームを増した身体つきになったコウヘイ。

「何か、話し合ったりするのかな」

「何か？」

そう訊くと、ちょっと首を傾げて苦笑いをした。

「晶が、死んだ理由とかそういうことを」

「嫌なのか」

タカシが間髪を入れずに訊いた。

「嫌じゃないけど」

「怖いよな、ちょっと」

尚人が言って、コウヘイが同意に頷いた。何年も離れていたけど、会話のタイミングがあの頃のままだなって思い出して、少しおかしくなった。

「オレ、話していいか？」

キンゴが手を挙げた。

「なんだかホームルームみたいだけど」

皆が笑った。

「じゃあ、絵里香も前に行かないと」

遥に背中を押されて、はい、と頷いて絵里香が前に出てきた。それで冷やかしの声が上がるわけじゃない。皆はただ頷いたり微笑んだりするだけだ。

「では、林田くん、どうぞ」

キンゴは、椅子に座っていたのを、ひょいと立ち上がって机に腰掛けた。ミーナが落ち着かない様子なのは、何かを隠しているからだろう。佐衣がミーナの手を握っているのは、たぶん、それと関係があるんだ。

「通夜の前に、佐衣の店に集まった連中には話したんだけどさ」

キンゴが語ったのは、晶がクスリに溺《おぼ》れていたという事実。何人かは驚いた顔を見せて、何人かは眉を顰めて、何人かは悲しそうに眼を伏せた。

「遺書も何もなかったんだから、本当の理由はわからないけどさ」

ミュージシャンになりたかった晶。いつまで経っても芽が出ない自分に焦って、似合わないドラッグに手を出して、揚げ句の果てに自殺した。

そういうことだと思うよ、とキンゴは結んだ。

珍しいことじゃない。そういう話はよく聞く。

「ミーナも話があるって書いてたけど、同じ話？」

神原さんが訊いた。問い詰めるふうじゃなくて、静かに。

ミーナの身体がびくんと震えて、立ち上がろうとしたけど手を握っていた佐衣に止められた。

「そうなんだって」

答えたのは、佐衣。ミーナが泣きべそをかきながら佐衣を見た。

「ミーナは、この一年ぐらいの間、半沢くんからよく電話を貰っていたんだって。それでご飯を食べに行ったりしてたんだけど、様子がおかしかったって。でもそれがどうしてなのかわからなかった」

佐衣は、ゆっくりと話す。優しい笑みを湛えて。

「キンゴからその話を聞かされて、それはクスリのせいだったんだってわかって、どうしてもっと早く気づいてやれなかったんだろうって、泣いてたの。悔やんでたの」

ミーナが、泣きだした。

机につっぷして。佐衣が、神原さんが、祐子がその背中や頭をさすっている。声を掛けている。他の女の子たちも全員が席を立って駆け寄り、涙ぐんでいる。

男たちは、唇を噛んだり、下を向いたり、天井を見上げたり。泣く奴はいなかった。それで泣ける女子が羨ましいと思っていた。

不満そうな顔をしていたのはリュウジだ。

気づいたのはリュウジだけか。糸井も判《わか》ったか。でも糸井は放っておいていい。きちんと判断できる。佐衣が、ああいうふうに言うのはおかしいと。何かを、ミーナが何かを言おうとしていたのを佐衣が止めたと感じている。

リュウジが何か言おうとする。

それを、眼で制した。

リュウジは、さらに苦虫を嚙み潰したような表情を見せたけど、大きく息を吐いて肩を落とした。お前に従うという意思表示。申し訳ないけど、こういうときだから利用させてもらう。お前が、俺に感じている一生掛かっても返せない恩義というものを。

あんなのは、もうどうでもいいのに。律義なヤツだと思う。

「宮永」

翔が、おずおずと手を挙げながら言った。子供が大好きで、優しい先生の翔。

「なんだ」

「それが、原因なのかな。君もそう思うの？」

瞳が潤んでいた。まっちゃんが心配そうに翔の様子を観察していた。ここにも、何かあったのか。もう他には、ないか。一度見回したけど、手が挙がる様子はなかった。

「皆、そう思っているように」

全員の眼がこっちを向く。

「キンゴが言ったように、本当のところは誰にもわからない。きっと死んでからあの世で晶に会ったときに問い詰めるしかないんだろう」

何人かが頷く。キンゴの、たぶんネタも利用しよう。

「キンゴの話も事実なんだ。だとしたらそれも原因だったんだろう」

「も？」

タカシ。疑問ではなくて、その眼が、明らかに話を進めろと促している。

「も、だ」

「どういう意味？」

神原さん。あの頃から、こういう場ではいちばん発言していたな。

「大きな、要因になったであろう出来事は、あった。何度も言うけど本当のところはわからない。それでも、同じ男として、これはキツイな、と思える出来事が、晶の身の上にあった」

それを俺は、知った。知ったし、いずれ皆の耳にもはいる事実だろう。だとしたら。

「それで晶は自殺したんだと聞かされたら、素直に頷ける。バカヤロウとは思うけど、しょうがないかとも思う」

「なんだよ、それ」

まっちゃんが神原さんと顔を見合わせてから言った。

「それをここで話すかどうか、多数決を採りたいんだ」

「多数決？」

あの頃はよく使ったけど、社会に出るとほとんど使わない言葉のひとつじゃないかと思う。使わなくても、世の中自体がそれで動いているからだ。

「俺が聞いたこの話は、事実であると同時に相当キツイ。さっきのキンゴのドラッグの話なんか可愛いもんだって思えるぐらいキツイんだ。特に、俺たちにとっては」

察してくれ、という気持ちを込めた。できれば話したくない。皆が想像して、最悪の事態を想定して、それで聞かないでおこうという結論を出してくれと。その方が、後から聞かされたときにダメージが小さいかもしれない。

「事実なの？」

遥が、そうなんでしょうね、という眼で言った。

「事実だ。確認した」

「オレたちにとってはかなりキツイって言ったな」

タカシが眉を顰めながら訊いた。

「あぁ」

タカシなら、それだけで想像できるか。どうだろう。

「宮永はどうなんだ。お前はもうわかっちまったんだろ？　その事実」

リュウジ。きっとお前が最初に聞いたら、暴れていたと思うぞ。

「そうだ」

「どんな気持ちなんだ。今は」

「最悪だ」

何人かの表情が歪む。リュウジが続けた。

「今までの人生でどれぐらいの最悪だ」

「二番目ぐらいかな」

姉さんが死んだときの次に、衝撃だった。

「でも、俺は耐えられる。こう見えても意外に冷たい人間だし、今の会社で相当鍛えられたからな。そんなことで死にやがってバカヤロウで済ませられる。けれども、正直相当なダメージを受ける人間はいると思う。下手したらそのまま鬱病《うつびょう》になっちゃうんじゃないかって思うぐらいだ。人間が信じられなくなって、それこそダメージが蓄積していって、そのうちに自殺も考えるかもしれないほどに」

「そんなにか」

まっちゃんが驚いた。

「そんなに、なんだ」

よくある話なんだけど、ダメージはデカイ。

「だから、多数決を採る。多数決っていっても、委員長権限で全員が聞きたいと言った場合にのみ、話す。一人でも聞きたくないと言ったら」

「言ったら？」

絵里香が隣で小さく言った。首を廻して、微笑んだ。

「買ってきた花を置いて、全員で手を合わせて、帰ろう。晶のバカヤロウでも、半沢くん安らかにね、でもいい。それぞれがそれぞれの言葉であいつを送ってやって、終わろう」

それで、終わりだ。

「ちょっとベランダで煙草を一本吸うから、その間に考えておいてくれ」

ここまででも、座り込んでしまいそうなぐらいキツかった。煙草でも吸わないとやっていられない。

ベランダへの戸を開けて出た。グラウンドの向こう、山並みの真上に月がきれいに出ている。ここから見える景色はあの頃からまるで変わっていない。

「ほらよ」

リュウジがバケツを持って出てきた。タカシも岩さんも出てきた。皆でそれぞれに煙草を取り出して、火を点けた。

「喫煙者はこれだけか」

「俺もいいかげんやめろってかみさんに怒られてんだけどな」

岩さんが苦笑した。

「やめてそれ以上太ったらどうすんだよ」

「それも怒られてんだ」

皆で笑った。

「なんだか忙しそうだよなお前」

岩さんが軽く拳で胸を押した。

「おかげさまで」

岩さんは？　と訊くと、貧乏暇なしだよと苦笑する。

「なんだかなぁ」

柵に寄りかかって、岩さんが軽く首を廻した。

「気分的にはよ。ここにいたあの頃とちっとも変わってないつもりなのに、いろんなことがあるよなぁ」

「そうだな」

皆が頷いていた。

「想像もつかなかったぜ。こんなことで、皆が集まるなんてよ」

「たぶんよ」

リュウジだ。

「そろそろ皆がぼろぼろと結婚しだしてさ、それからちょっと経ったら今度は離婚の話がいくつか出てきてな。さらにはガキがどんどん生まれていってさ」

「そういやヒロが離婚したってさ」

「ウソッ！」

「さっき言ってた」

それは知らなかった。リュウジがニヤッと笑って言った。

「離婚第一号かよ。じゃあ再婚第一号を目指せって言っとくか」

皆で笑ってから、岩さんが、続けた。

「離婚第二号ならともかく、死亡第二号なんて話は当分聞きたくねぇな」

「まったくだ」

それは、もっと先でいい。ずっとずっと先の話のままで過ぎていってくれればいい。そうはいかないのかもしれないけど、そう願う。

一本じゃなくて、二本吸い終わるまで他愛ない話を続けた。煙草飲みのいいところは、吸っている間は仮に話題がなくても、その互いにくゆらせる煙から自然に生まれてくるところだ。これぱっかりは煙草を吸わない人にはわかるまいと思う。

教室に戻って、教卓の前に立った。遥たちと話していた絵里香がまた戻ってきて、隣に立って、微笑んだ。頷いて、皆の顔を見回した。

「一回きり。文句言いっこなし。いいよな？」

「委員長に従いまーす」

リュウジがおどけて言って、笑いながら皆の頭が一斉に動いた。頷いた。

「最悪の話を聞きたい人は、手を挙げてくれ」

全員の手が、挙がった。全員、何の躊躇《ためら》いもなかった。

溜息しか出なかった。

それと同時に、ホッとしたのも事実だ。これで、たぶんごまかせる。頭に描いたシナリオ通りに進んでくれれば。

女性陣の顔を見回した。

「男子は放っておいていい。たぶんこの話を聞いても、ここにいる九人なら大丈夫だ。内容からしても耐えられると思う。ショックを受けるとしたら女子だ。そういうふうになるかもしれない女子のフォローは、女同士に任せるよ」

佐衣が、神原さんが、ヒロが頷いた。遥も、絵里香も。

「簡単な話なんだ。どうして、この日を選んだのか考えればいい」

「この日？」

岩さんが言った。

「正確には、何故、晶が、一昨日に自殺したのか、その日を選んだのは、どうしてなのかを考えればいい」

誰かが、息を呑んだ。

「結婚式」

絵里香の呟きが、皆の耳に届いた。

「結婚式？」

リュウジが同じ言葉を繰り返した。

「それは、韮山先生のことか？」

タカシだ。

「そうだ。晶は、わざわざ韮山先生の結婚式の日を選んで、自殺したんだ」

ざわっ、と空気が動いた。誰もが知っていたけど、結びつけようともしなかったのに違いない。

「それって」

まっちゃんの言葉に、頷いた。

「韮山先生と、晶は恋人同士だった」

その言葉の意味が、皆の中に浸透するのを待った。誰かの息を呑む音が聞こえた。誰かの小さな悲鳴のような声も聞こえた。誰かのマジかよ、というわかりやすい感情の吐露も聞こえた。

「これは、確認したから間違いない。八年近い時間を、あの二人は恋人同士として過ごしてきて、そして半年前に別れた」

動揺しなかったのは、ヒロだけ。

「高校時代からってことなのか⁉」

キンゴが叫んだ。

「そうらしい。もっと言えば、中学三年生のときから、俺たちがこの教室でクラスメイトとして過ごしていたときから、あの二人にはそういう感情があったそうだ。進路相談を始めた時期から」

「お前、それ！」

椅子を倒す勢いで、リュウジが立ち上がりながら言った。

「どうやって確認したんだ！」

「ハワイに居る先生に電話をして、本人から聞いた」

皆の眼が、俺を射ぬいた。

「それって」

「先生に、晶が自殺したって、伝えたのか？」

糸井とリュウジのコンビネーション。この二人は一緒に居るとよくこういうタイミングで会話するんだ。

「そこまで俺も冷酷な男じゃない。言えなかったよ。さすがに」

皆の間に、ホッとしたような空気が流れた。

「いつかわかってしまうことだろうけど、常夏のハワイで結婚式を挙げたばかりの人に言えるはずないだろう」

「じゃあ」

「どうやって聞きだしたんだ！」

糸井とリュウジが訊いた。

「晶がクスリをやってラリってそんなことを叫んでいるけど本当かってさ」

俺の部屋にやってきてそう騒いでいる。泣いて先生に電話すると暴れている。どうしようもなくなってこうして電話していると。

「俺は一応泊まってるホテルとかは知ってたからな。晶が迷惑掛ける前に確認させてくださいってさ」

「ちょっと待て」

リュウジだ。

「オマエ、なんで先生にそんなことを訊こうって思った？　ただ晶が先生の結婚式の日に死んだってことだけで、訊こうと思ったのか？」

少しだけ、息を吐いてから続けた。

「以前に、見たことがあったんだ。晶と先生が、二人で一緒にいるところを」

これは、本当だ。でっちあげのシナリオじゃない。

「そうなのか？」

「三年ぐらい前だったかな。夜中だったよ。二人で仲良さそうに歩いていた。そのときは、驚きはしたけど何も訊こうとは思わなかった。偶然会ったのかもしれないし、仮にデートしていたとしてもそれはもう二人の間のことだ。俺が口出しするようなことじゃないからな」

「そんな」

愛が、泣きそうになって呟いた。

「韮山先生は、あの頃二十八歳だった。女性陣は想像してみてくれ。十五歳の可愛い男の子に、ましてや愛すべき自分のクラスの生徒に、悩みを打ち明けられて、涙ながらに身体ごとぶつかってこられたらどうだ。それをはねのけることができるか？」

　晶は、本当に、信じられないぐらいきれいな顔をしていた。男の子にしておくのはもったいなかったし、芸能界に入ってアイドルとしてデビューしないのがおかしいぐらい。

「受け止めるしかなかっただろう。優しく抱きしめてあげることしかできないんじゃないか？拒絶できるか？　もし俺が女だったら、できそうもない」

　同じ男でもできないかもしれない。それぐらい晶は美しかった。できる人もいるだろうけど、あの人はできなかった。

「韮山先生は、文字通り、晶を抱きしめてしまった」

　そして、高校の三年間で、恋人と言える立場になってしまった。もちろん、誰にも知られないように、細心の注意を払いながら。

「最初は先生もごまかそうとしていたけど、それがわかったから直球で訊いたよ。晶とのことはちゃんと終わったのかって。ハワイで挙式するっていっても、行こうと思えば行けた連中もいるのに、誰も呼ぼうとしなかったのはそのせいなんでしょうって」

「先生は？　なんて？」

　ミーナだ。

「終わったと言った。謝っていたよ。皆にね。隠していてごめんなさいって。でも、きちんと話し合って別れたと」

そう。きちんと話し合って、二人は別れた。それも事実だ。

「十歳以上の年の差は大きいだろうな。晶が気にしなくても先生の方はどんどんそれが重たくなってくる。ましてや晶は将来のことなんか何にも考えずにただミュージシャンになると言い続けている。これが、たとえばタカシみたいにしっかりしたところで、しっかりとした目標を持ち続けて働いているんだったら、まだ違ったんだろうけどな」

確かなものの何もない十以上も年下の男に、韮山先生は、疲れてしまった。恋人同士でいることに。

「だから、別れた」

新しい人生を選んだ。

「じゃあ、それじゃあ、半沢くんが死んだのは、自殺したのは」

祐子だ。眼が泳いでいるように思う。キツイだろうなと思う。祐子は先生のことを尊敬していたから。

「あてつけと、とられてもしょうがない。晶と先生のどちらを可哀相と思うかは、人によって違うだろうけどな」

声もなかった。皆が、下を向いたような気がする。

ここからだ。前を向いて話せ、宮永恭介。

「ただ、それも、所詮は原因のひとつだったのかもしれない。いつまで経っても芽が出ない自分。あいつももうわかっていたはずなんだ。自分はミュージシャンにはなれないって。それはリュウジも俺もあいつに直接言っていた。それも原因かもしれない。あいつは人生の目標を失っていたかもしれない。他にも何か理由があったのかもしれない。先生とも別れて、クスリもやって、ボロボロになっていたのかもしれない。それに気づいてやれなかったのは、同じ東京に居た俺らにも責任があるのかもしれない」

そうだ。俺は気づけなかった。

「そういういろんなものが、あいつを死に追いやった」

顔を上げた連中もいる。

「俺たちは、あいつが生きていくことの理由になれなかったんだな、と思ったよ。俺たちの仲間でいることは、あいつの生きる理由にならなかったのかと。それが悲しかったり、悔しかったりするさ」

息切れがしそうになってきた。もう少し。もう少し。

「教室で死んだ理由を考えてみた」

「理由？」

岩さんだ。

「死ぬ理由は、いろいろあったのかもしれない。でも、死に場所にここを選んだのはどうしてなんだろうって考えたんだ」

皆が、こっちを向いた。

「単に、先生へのあてつけにここを選んだのか？　そんなはずはないと思ったよ」

「どうしてだ」

「晶は、そんな男じゃない」

思い出せ。晶はどんな男だったか。

「あいつは、いつも、仲間のことを思っていた。ずっと俺たちのサイトの管理をして、皆の近況を訊いて回って、結びつきが弱くならないように、ずっと仲間でいられるように。そうしてきたのが、晶だ」

そんな晶が、俺たちとの思い出の場所を、あてつけに使うはずがない。

「俺の、勝手な解釈だ。晶が死のうと、何があろうと、残された俺たちの人生は続くんだ。立ち竦んでも、歩きださなきゃならない。前は見えないけど歩かなきゃならない。でも、ときどき振り返って、今まで歩いてきた道を確認しなきゃならない。これでいいんだと安心するために、これでいいのかと自分に問うために。晶は、そのための目印になったんじゃないかと思う」

「目印？」

「ここに、僕が居ると。晶はそう皆に言うために教室で死んでいったんじゃないかと思う。未来が見えなくて不安になって振り返ったときに、何も見えなかったら絶望しかない。だから、いつまでも、あの頃のままの姿で見守っていると告げるために」

ここで、死んでいった。

「灯台みたいなもの」

絵里香が、呟いた。

「半沢くんは、この先いつでも、わたしたちの後ろに居てくれる。後ろから、わたしたちの進む方向に光を当ててくれる。道を照らすように。影が真っ直ぐに前に伸びていくその方向に進めばいいって。だからここで死んでいったって、そう、思えばいいの？」

「そう思いたい」

絵里香の、アーティストとしての感性から出ただろう表現に感謝した。そんな詩的な台詞は俺には言えない。助かった。だから。

それでもう、何も言うことは、なくなった。

＊

まっちゃんと神原さんの松元夫妻は、車に翔とキンゴを乗せて帰っていった。

今度会うときには絶対に松元家のジュニアを見せてやると言っていた。楽しみにしてる。本当に。

岩さんと祐子は、佳恵と博美を乗せて帰っていった。東京に出張に行くことが増えてきたので、今度は声を掛けるから一緒に飲もうと岩さんは笑っていた。

佐衣は、愛とミーナを乗せて、またね、と微笑んだ。仕事で定期的に会うことのある佐衣だけど見た目よりずっと強い女性だと思ってる。たぶんそこらの男よりずっと。

尚人はコウヘイの車に乗っていった。久しぶりに委員長の演説が聞けて良かったと笑っていた。結婚式には司会をしてくれって言われたけど、勘弁してもらおう。

「どこか、行くのか」

リュウジが訊いた。タカシとヒロが二人で少し離れて楽しそうに喋っていたからだ。

「デートする」

「あ?」

「ジャマするなよ」

「絵里香、遥、また東京でね」

電話するからー、とヒロはニコニコしながら手を振った。二人で笑って、歩いて校門を出ていった。

「あの二人がねぇ」

リュウジがわからんもんだなぁと肩を竦めた。

「でも、お似合いだよ」

糸井が言うと、絵里香と遥も頷いた。

「ヒロと小原くんのお姉さんは仲が良いし」

絵里香が言って、そういやそうだったなとリュウジが腕組みした。

「通夜が終わってそのまんまデートってどうよ」

「いいんじゃないの？　小原くんは仕事で明日の葬儀も出られないって言ってたし」

何より、と絵里香は言った。

「この日が、二人を結びつけるきっかけになったのなら、半沢くんは喜ぶんじゃないかな」

「そっか」

二人は一生忘れない。初めてデートしたのは晶の通夜の夜だったなと。

「それで、あいつの自殺にも意味が生まれたかもしれねぇか」

リュウジの言葉に、皆が頷いた。

最後に残ったのは、俺と糸井とリュウジと、絵里香と遥。

「オレだけおジャマ？」

肩を竦めて、髪の毛をかき上げてリュウジが言った。

「そんなことないよ」

そうだよな、と笑う。

「なんたって、オレの恋人は絵里香なんだから」

「なにそれ」

「今付き合ってる女、絵里香ってんだ。字もおんなじ」

「うそぉ」

絵里香と遥が苦笑した。

「まぁおジャマでもさ、最後まで付き合うぜオレは。まだ続きがあるんだろ？」

リュウジが肩を叩いてきた。

「続きって？」

「とぼけるな」

リュウジが言うと、糸井も絵里香も遥も同じように頷いた。

「あれで終わりじゃないんだろ。まだ皆に言ってないことが、隠した方がいいってことがあるんだろ？」

溜息をついた。

「なんでわかった」

ふん、とリュウジが鼻で笑った。

「この先の人生で失敗しないうちに教えといてやる。お前は隠し事をしたときにはな、長い間ポケットに手を入れてるんだ」

「そうなのか？」

「冗談だ」

「そんな顔をしていたよ」

糸井だ。にこっと微笑んで、頷いた。

「もう言うことはないって言いながら、何か話したそうな顔をしていた」

絵里香も遥も頷いた。まだまだか、俺も。

「修業が足りないな」

最後に残った連中には話すつもりでいたんだ。それはたぶんこの面子《メンツ》だろうとも思っていたから。

「歩くか」

歩いていけば、そこは十年前に通った通学路だ。十五分も歩けば海にも出られる。さっきから懐かしい潮の香りもしている。東京に出てときどき潮の香りがする場所に出ると、いつもこの町を思い出していた。

夜のこの辺は人も車もほとんど通らない。リュウジと糸井が両隣にいて、すぐ後ろに絵里香と遥。車道をゆっくりと歩いていた。

「誰も質問しなかったから助かったけど」

「うん」

「晶が、中三のときに、韮山先生に相談したことだ」

リュウジが、あぁ、と声を出した。

「進路相談とか、将来のことじゃなかったのか」

オレはそう思ってたんだけど、と言った。

「みんな、そう思ったんじゃないかな」

糸井が言うと、後ろの絵里香と遥も頷いていた。晶の親父さんは厳しい人だったから、そしてそれは皆知っていたから疑わなかったんだろう。

「違うんだ」

「なんだ。早く言え」

立ち止まって、皆の顔を見た。

「晶だけが、二十一世紀になった年に、二十一歳にならなかったんだ」

「あ？」

「晶だけが、二十一人の仲間の中で、一人だけ早生まれだった。あいつが二十一歳になるのは二〇〇二年になってからだった」

絵里香が眉を顰めた。糸井が首を傾げた。遥が口を開けたまま止めた。

「それが、悩みだったって？」

リュウジがあきれたように、言う。

「そうだ」

「そんなの、わかってたじゃん。でも、ほんの何ヶ月の違いなんだから」

「それでも、晶だけが、違ったんだ」

入学して、そういうふうに言われて、どんどん皆が仲良くなっていった。自分たちは二十一世紀最初の年に、二十一歳になる、二十一人の仲間なんだと、21・21・21〈twenty one〉なんだと皆が言っていた。意識が高まっていって、最高の仲間たちになっていった。

「中三のときには、皆が思っていただろうな。この仲間は一生の仲間だって」

でも、晶だけが、違った。

「仲良くなればなるほど、結束が強まるほどあいつは、一人だけ仲間外れになるのが、嫌だった。怖かった。誰かが晶だけが違うと言いだすんじゃないかとびくびくしていた。卒業を控えるようになって、その気持ちはどんどん大きくなっていった。卒業してしまったら、自分だけが外れていくんじゃないか。いざ二十一歳になったときに、自分だけが二十歳のままで、お前は違うと言われて仲間から外されるんじゃないか。あいつは、死にたいほどそれについて悩んでいたんだ。それを、先生にぶつけたんだ。先生があんなことを言いださなかったら、こんなに悩むことはなかったって。先生のせいだって」

「そんな」

糸井が、唇を噛んだ。

「じゃあ、宮永。先生が」

「そうだ」

先生が、晶を抱きしめたのは。

「罪の意識にさいなまれたからだ」

自分がそんなことを言ったために、何の考えもなしに言ってしまったから、晶をこんなにも苦しめてしまった。だから。

「先生は、晶を、受け止めるしかなかった」

「それは、先生がそう言ったのか？」

「言った」

苦しそうに。他の皆には言わないでほしいと願っていた。

「恭介」

絵里香の瞳が潤んでいた。

「それが、本当だとしたら、わたしたちは、わたしたち全員が」

遥が息を呑んだ。リュウジも、糸井も。

「晶を苦しめ続けたのは、自殺の原因になったのは、俺たち全員かもしれないってことだ。さっき、皆の前ではきれい事を並べたが、晶がわざわざ教室で自殺したのは」

俺たち全員への、仲間への。

「恨み言かもしれないってことさ」

お前たちのせいで、僕は死ぬんだと、晶は言いたかったのかもしれない。その可能性もある。


その場に、皆が立ち竦んでいた。虫の声が聞こえていた。

「そんなの、違うよ」

糸井が顔を上げて言った。

「晶が、そんなことをするはずない。もしそうなら、それに脅えていたなら、二十一歳になる前に死にたくなるはずだ。それからもう四年も経っているんだ。そんなことで、そんな理由で、今さら自殺するはずがない」

それは、違うと、繰り返した。

「晶は、仲間だった。大切な仲間だった。晶もそう思っていた。皆を大切に、宝物のように思っていたんだ。そんなこと、するはずがない」

糸井に、そう言ってほしかったんだ、俺は。

「そうだな」

「俺も、そう思う」

そのまま皆で黙り込んで、それでも歩きだして、海岸まで来た。高く昇った月は雲ひとつない空に輝いていて、その光で海を照らしだしていた。皆でコンクリートブロックのところに座った。

「こうやって、よく座っていたよね」

遥が言って皆が頷いた。ほんの少しだけ汗が滲んだ背中に、海風が気持ち良かった。

「歩くとさ」

皆が、こっちを向いた。

「夜中に歩くことがあるんだ」

歩くと、いろんなものが消えていく。東京で働くようになってからそんなことを思った。疲れて、悩んで、頭の中が一杯になってしまったときに、ただむやみに歩いていくとそれがどんどん消えていって、頭の中がからっぽになって、よく眠れることがある。

「絵里香の家まで歩くこともあるんだ」

絵里香が苦笑して頷いた。

「そんなにか」

さっさと一緒に暮らしちまえ、とリュウジが毒づいた。

「そんなに悩むのはな、いつまでもくっつかないでいるからだ」

「それは、どんな理屈なんだ」

「理屈なんかねぇよ」

理屈も理由もくそ喰らえだって、リュウジが言う。

「死んじまった晶もバカヤロウだけど、お前らもバカヤロウだ。死んじまった人間に意味なんか求めてどうするよ。生きてる人間はな、それはだな」

糸井が笑った。

「リュウジ」

「なんだよ」

「無理やりなんかいい事を言おうとしてない？」

してねぇよバカヤロウって笑った。

「理屈抜きにな、そうしたいことをすればいいんだよ。死んじまった連中のことはな、ああ、あの世で笑ってらぁって思ってればいいんだ」

オレはそう決めた、と立ち上がった。

「それしかねぇじゃん」

そうだね、と糸井が呟いた。絵里香も遥も、微笑んだ。

「そうかもな」

リュウジが、ポケットから何かを取り出した。水晶が、二十一人の仲間の象徴の水晶が入った革袋。それを握りしめてからゆっくりと皆の顔を見回した。ニヤッと笑ってから大きく振りかぶって海に向かって投げた。いや、投げるフリをした。ちょっと驚いた顔をした絵里香や遥に向かって笑った。

「捨てねぇよ。昔の思いはとてもキレイで罪はねぇんだ」

「お前たちの歌のフレーズじゃないか」

「あ、知ってた？」

知ってるよぉ、と遥がリュウジの背中を叩き、リュウジが大袈裟に痛がって、皆で笑い合った。

その声が、夜の浜辺に響いていた。


明日の葬儀が終われば、また日常に戻っていく。東京で、仕事が生活の中心になる日々を過ごしていくんだ。その中では晶が、大切な仲間が死んでしまったことを思い出すことなんかなくなっていく。忘れるわけじゃなくて片隅に、奥底にどんどん追いやられていく。

何が大切で何がそうじゃないか。何をすべきで何を捨てるべきか。やりがいのある仕事と、傍にいる大切な人と、どうやって生きていくべきかを考えていく。

そうやって生きていく。

晶。

いろいろ考えたよ。

これで、いいか。役に立ったか。気が済んだか。

俺の役目は、もう終わったか。

お前のことを思い出すよ。

この先の人生の中で、ときどきだけど。

たとえばそれは、糸井と遥の結婚式かもしれない。誰かが離婚して、それを慰めるために飲んでいるときかもしれない。他の誰かの葬式のときかもしれない。

そして、絵里香と一緒に暮らしだしたときかもしれない。

そうするよ。そうする。長い間待たせたけど、そうしようと思う。

そうさせたのは、決心させたのは、お前だ。晶。お前が、お前の死が、背中を押してくれた。

それだけで、どうだ。お前の人生に意味があったと思っていいか。思うのは、勝手すぎるか。

答えなんかどこにもない。あるはずがない。お前が死んじまったのは事実。お前が死んだことで結びつけられた何かがあるのも事実。
お前が大切にしていた仲間は、また新しい絆を結んでいく。
その新しい絆は、全部お前の思い出に繋がっていく。
見ていろ。見守っていてくれ。
そこに居てくれると、勝手だけど思わせてもらう。
それで、いいだろ?

〈twenty one〉

名簿及び近況及びお知らせ及びその他

2007. 7

【糸井　凌一】(1980年7月23日生)　元・バスケ部部長　既婚　北林医大

【伊東　竜二】(1980年12月24日生)　元・部活無し　独身　〈フライダン〉

【岩村　民雄】(1980年6月16日生)　元・サッカー部　既婚　早田病院

【小原　隆史】(1980年4月11日生)　元・写真部部長　独身　北路新聞社

【川田　　翔】(1980年12月3日生)　元・バスケ部　独身　間中小学校

【徳野　幸平】(1980年4月9日生)　元・サッカー部　既婚　アサヌマスポーツ

【中村　尚人】(1980年7月6日生)　元・美術部　既婚　鹿沼設計事務所

【林田　金吾】(1980年9月5日生)　元・軽音楽部部長　独身　ロイヤルホテル

【半沢　　晶】(1981年2月22日生)　元・軽音楽部

【松元　俊和】(1980年10月30日生)　元・野球部部長　既婚　松元金物店

【宮永　恭介】(1980年6月20日生)　元・委員長　独身　東邦広告

【加藤　美菜】(1980年6月19日生)　元・軽音楽部　主婦　(森田美菜)

【神原　留美】(1980年6月1日生)　元・テニス部　主婦　(松元留美)

【品川　　愛】(1980年7月30日生)　元・テニス部　独身　ひまわり幼稚園

【鈴木　比呂】(1980年11月6日生)　元・テニス部　独身　ABK

【中嶋　祐子】(1980年5月31日生)　元・テニス部部長　主婦　(岩村祐子)

【仁木絵里香】(1980年9月15日生)　元・副委員長　独身　イラストレーター

【西川　佳恵】(1980年10月22日生)　元・美術部部長　主婦　(関谷佳恵)

【保谷　博美】(1980年8月27日生)　元・美術部　主婦　(青木博美)

【満田　佐衣】(1980年11月2日生)　元・写真部　既婚　コーヒー茶房　庵

【三波　　遥】(1980年8月7日生)　元・図書委員　既婚　現塔社 (糸井　遥)

6月30日　○ゆうこ、体調どう？　順調？（ひろりん）

○全然オッケー。結婚式も出られるよ、行くよ。（ゆうこ）

○明日かー。楽しみだな。（キンゴ）

○太ったとか言うの禁止な。（松元）

○それはわたしの台詞。（よしえ）

○私もー。（愛）

○お前ら楽しみにしてろよ！　披露宴でサプライズあるからな！（リュウジ）

○知ってるっつーの（^_^;)（尚人）

○〈フライダン〉が披露宴に来るんだろ、ヽ(´ー｀)ノ（岩村）

7月4日　○あらためて、タカシ、ヒロ、おめでとー（コウヘイ）

○今思い出しても涙出てくる（^_^;)。ホント嬉しかった。（ミーナ）

○ヒロのドレス姿が今も眼に浮かぶんだ。キレイだった！（留美）

○タカシが写真撮りたくてウズウズしてるのがおかしかった。（糸井）

○オレが撮った写真、データで送っていい人は送るぞ。（岩村）

○次こそは、宮永と絵里香だからな！（リュウジ）

○オマエに言われたくないと思うぞ（^_^;)（キンゴ）

○小原くんとヒロのところ、早く〈既婚〉にしてあげて！（佳恵）

二〇〇七年七月一日　午後十時三十五分　糸井凌一

披露宴が終わって皆でカラオケで騒いだりボウリングをしたり。夫婦になったタカシと比呂は明日早いからと解放してあげて、残った連中でファミレスでコーヒーを飲んで。そして、近所に住み出した宮永と絵里香も一緒に遥の部屋に戻った。

久しぶりに皆に会って、タカシと比呂の結婚を心から祝福して、興奮して騒いだ後のなんともいえない心持ちをゆっくりと休めるように静かにいろんなことを話していた。

晶の命日に式を挙げたのは、半分は偶然だったんだ。ちょうどその頃がお互いの仕事で支障がなかったし、大安だったし。二人で考えて、初めてデートをしたのが晶のお通夜の夜だったのだから、それも、そうなんじゃないかって思ったそうだ。

晶が、二人を結びつけてくれたと思おう。あの夜に宮永が言っていたように、晶がずっと二人を見守ってくれていると考えよう。そうしよう。

それで、決めたそうだ。

二人の考え方にはもちろん仲間の皆は賛成した。

三回忌が行われているまさにそのときに式を挙げることになって、晶のご両親にはそれは話しておいた方がいいんじゃないかと思って、事前に二人で晶の実家に行ってきたそうだ。

ご両親は、晶のお父さんお母さんは喜んでいたそうだ。息子のことをそんなふうに考えてくれて、感謝すると。もちろんお互いにそれぞれのところには出られないけれど、晶にはきちんと報告すると言ってくれたそうだ。

そういうことも、僕は嬉しいと思っていた。

そんな話を繰り返しているときに、宮永が言った。

「この間」

「うん」

一ヶ月ぐらい前だけど、と宮永がちょっとだけ迷うような表情を見せてから言い出した。

「先生に、会ったんだ」

「先生?」

それは、僕らにとって〈先生〉と言えば韮山先生のことを指す。遥も絵里香も、そして僕も微笑んでいいのかほんの少し眉を顰めるのか、どちらの顔をしていいのか迷った。

「会ったって、約束して?」

訊くと宮永は首を軽く横に振った。

「偶然。池袋の駅で。先生、今は教師を辞めて専業主婦をしてるそうだ。旦那さんの実家がそっちの方にあって、用事で来たときにばったり」

「お話ししたの？　何も言ってなかったけど」

絵里香が訊いた。一緒に暮らしているのに絵里香にも言ってなかったってことは。宮永はちょっと苦笑した。

「タカシの結婚式も近かったからさ。それが終わってからにしようかなって思って」

「またそうやって」

絵里香がちょっと口を尖らせた。そうなんだ。宮永の欠点は何でも一人で抱え込もうとするところだ。確かに長所でもあるとは思うんだけど。苦笑して宮永はごめん、と絵里香に謝っていた。

「でも」

訊いてみた。

「結婚式が終わってからにしようってことは、その、水を差すような話ってこと？」

「そうだな」

宮永は、少し息を吐いた。

「そうでもないのかもしれないけど。まぁそれは気の持ちようだけど」

「晶とのこと」

うん、と頷いた。

晶が死んだのは、二年前になってしまった。〈21〉の仲間は、皆今年二十七歳になる。あっという間にそれだけの時間が過ぎてしまって、変わらないところはそのままに、でも、それぞれに変わったことも多い。

僕は勤務地を東京にして、遥と結婚してこうして一緒に住んでいる。仲間の中でも結婚した連中は何人かいて、今はもう独身者の方が少なくなった。宮永と絵里香は結婚はしていないけど一緒に暮らしている。

子供が生まれたり、職場を変えるか、あるいはなくなってしまったり、祖父母や親兄弟が突然亡くなったり。そういうことが、たぶん世界中の人の人生に起こりうるいろいろなことが皆の人生にも起きて、それでも幸いにもまだ皆が元気で、仲間のままだ。

晶のことはもちろん忘れたりなんかしていない。普段の日々の中で思い出すことは少ないかもしれないけど、それは、生きているときだって同じだった。

韮山先生と晶のことは、いくつかのさざ波を僕らの間に立てた。

神原さんや愛はもう二度と先生に会いたくないと言っていたそうだ。今後のクラス会にも呼びたくないって。それはたぶん先生の方も来ないだろうと思われたので問題はなかったのだけど。

キンゴは先生に直接会おうとした。会って話を聞きたかったらしいけど、残念ながら会っても話すことはないと向こうから断られて会えず仕舞いになった。

そういう話を聞く度に僕は、ほんの少しの淋しさを胸に抱えて、小さく溜息をついていた。僕の中で、先生はまだ先生だ。男とか女ではなくて、先生なんだ。柔らかい笑顔と明るさでいつもクラスの空気をなごませてくれた。真剣に授業をして、休み時間には皆と談笑して、進路相談にも真剣になって乗ってくれて、卒業した後も僕らのことをちゃんと覚えていて。

先生なんだ。だから、晶と恋人同士になってしまっていて、別れて、ひょっとしたらそれも晶の自殺の原因のひとつだったかもしれないと言われてもピンとこなかった。未だにそうなんだ。

「先生は」

絵里香だ。

「何を、言ったの？」

宮永は少し笑った。

「ただ、ごめんなさいって」

「ごめんなさい」

「言い訳はしない。ただ、皆に謝りたい。謝ってもどうしようもないと思うけど、クラスの皆に嫌な思いをさせてしまって、ごめんなさいって」

結果的には、皆を長い間騙していたことになる。教師として最低のことをしてしまっていた。糾弾されて何かしらの罰を受けてもしょうがないことだと。

「先生だったよ。何も変わっていない。優しい先生だった」

人目があるから必死に堪えてはいたけど、と宮永は続けた。

「眼を真っ赤にしていた。たぶん、誰にも会いたくないと言っていたのは泣いてしまうからだよ」

それから先生は、カバンの中から手紙を取り出したという。

「手紙？」

「晶からの、手紙。死ぬ前に投函されたもの。先生は、新婚旅行から帰ってきてそれを受け取って、読んだ」

遥がほんの少し息を呑んだ。

先生は、どんな気持ちだったんだろう。幸せばかりの旅行から帰ってきて受け取ったその手紙を読んで。

「預かってきた」

「そうなの？」

「コピーだけどね」

「コピー」

「いつか、俺に会えたときのためにいつも持ち歩いていたそうだ。委員長である俺に、もしこの先偶然にでも会えるときがあったのなら、それはきっと晶が与えてくれた機会だと思って、渡そうと思っていたって」

本物は、自分が死ぬまで持っていると言ったそうだ。死ぬときに一緒に棺《ひつぎ》に入れてもらって、焼いてもらうと。

「初めて」

宮永が苦笑した。

「大人の先生の眼を見たと思った。まぁそれは俺が歳を取ったってことなんだろうけど、先生と生徒じゃなくて、女と男として、会話をしたような気がした」

そう言いながらカバンの中からファイルを出してきて、その中から三つに折り畳んだ白い紙を取り出した。普通のコピー用紙だ。それが、二枚。

「それぞれ自分で読むか？　俺が読みあげるか？」

「読んで」

絵里香が言って、宮永が頷いた。コピー用紙を拡げた。隣にいた僕にはすぐにその文字が読めた。手書きの少し乱暴な感じの字だったけどそれが晶の筆跡なのかどうかはわからない。確かに男の字だなという印象はあったけど。

宮永が、ほんの少し息を吐いてから、読み出した。

ダメみたいだ。がんばってみたけど、ダメみたいだ。
ずっとずっと先生に守ってもらっていて、もういいかげん
大人にならなきゃって思ってやってみたけど、自分で言い出したんだけど、
それで別れたんだけど
ダメみたいだ。
ゴメン。ごめんなさい。
教室に来ているんだ。そこでこれ、書いてるんだ。
淋しくて淋しくて淋しくてここに来てみたんだけどやっぱり淋しくてさ。
でも、管理人に見つからないように入って、音がする度にどっかに隠れて、なんか、
かくれんぼしてるみたいで楽しくて、一人で笑ってた。
先生のせいじゃない。それだけ、言っとく。
小さい頃から僕はなんか淋しくて。家族の中でも独りぼっちな気がしていて。
でも、ここに来てようやく僕は仲間に会えたような気がして、楽しくて楽しくて、
このままここにいたならずっとずっと何ともないような気がしていたけど。
無理だよね。卒業したら。卒業してもみんなが仲間だったのがすごく嬉しかったけど、
いつも一緒にはいられなくて。
やっぱり僕は、生きられない人種だったんだよ。たぶんそうだ。そうしておいて。

そう言うたんびに何度も何度も先生に怒られたけど、また怒られるね。
クラスのみんなにも怒られるかな。たぶん怒るよね。
もし先生もそう思ったら、これ、誰かに見せておいて。ゴメンって。
宮永あたりに見せれば、ちゃんと説明してくれるよね、みんなに。
ここで死んだら、みんなにやな思いさせるかな。ゴメン。
でもここしか思いつかなかった。死ぬなら、ここにしたいって思った。

幸せな世界の中で、僕の身体の中だけで悲しみがぐるぐる回っていて、
どうしてもそれを止められなかった。吐き出せなかった。たぶん、僕が弱いんだ。
それだけなんだと思う。みんなといると楽しかったけど、
やっぱり淋しさも悲しさも僕の中から出て行かなくて、会えないと、会えなくなると、
それがどんどん大きくなっていて、
昔みたいに毎日みんなといられたらよかったのになっていつも思っていて。
そんなのは無理だって。
だから、僕が生きられたのは、みんなと一緒にいたあの頃だけなんだって。
それから十年もがんばってきたから、もういいかなって。
ゴメン。先生のせいじゃない。それだけは忘れないで。

さよなら。

僕は、宮永の涙を久しぶりに見た。

たぶん、お姉さんが死んだあの時以来だ。涙が溢れてきて最後の方は途切れ途切れになってしまって、絵里香も同じように涙を流しながら宮永の横に移動してその肩に手を乗せて、頭を凭せかけていた。遥もハンカチで口の辺りを押さえながら必死になって涙を堪えていて、僕の手を握っていた。

「晶に」

涙声の宮永は、それでも堪えながら言った。

「謝ったのは、俺も同じだ。どうして気づいてやれなかったのかって」

「私に」

遥だ。

「私に水晶を送ってきたのは、私が割ったから、代わりに自分のをくれたのかな。絶対、仲間から離れるなって。仲間の証しを持っていてほしいって」

涙が溢れてきた。僕は肩を抱いてあげて、そうかもしれないねって言った。そう思った。それほど、晶は、僕たちを大切に思っていたんだ。

晶が抱えていた悲しみというものがどういうものなのか、それは、どこから生まれてきたのかはわからない。でも。

「先生は、あの頃からずっと晶を守ってきたんだ。学校を卒業して皆と離れ離れになって、淋しくて死んでしまいそうになるあいつを、ずっと守ってきた」

宮永が、頷いた。

「そこから、あいつは、一人で生きなきゃと思って別れたんだけど」

ダメだったんだ。

晶。

宮永が、涙を拭いた。手紙を折り畳んだ。ふぅ、と息を吐いて、唇を結んだ。

「この手紙を、先生は皆に見せようとしなかった。すぐに俺にも渡さなかった」

「うん」

「先生はそうしたいと思った。皆に誤解を受けるのであればそれが自分への罰だと考えているんだろう」

頷いた。そうなのかもしれない。

「いつかは、わからないけど」

「うん」

計画したものではなくて、と宮永は続けた。

「皆にこの手紙を見せる日と、もう一度皆と先生で会える日が来ることを、願っていようと思った」

それでいいよな？　と言って、僕は少し躊躇ったけど頷いた。遥も絵里香も、同じように頷いた。僕もそう願おう。またあの日のように、先生も一緒になって、皆で笑って会える日が来ることを。


願いは、どこまで届くものなんだろう。

どこへ、届くんだろう。

願いが叶えられるのが幸せだというのなら、死にたいと願った晶は幸せだったんだろうか。

そう思えばいいんだろうか。

たとえ離れ離れになってしまっても、もう二度と会えないような日々が続いても、仲間でいられたあの日々を思い出にして生きていけることが幸せだと、晶は、思えなかったから死んでしまった。

でも、僕は思える。

何もかもうまく行くなんてありえないし、うまく行かない方があたりまえなんだと思っているけど、それでも。

生きていくことが、幸せへと向かう唯一の手段だと思っている。

この作品は、パピルス5号（06年4月号）、8号（06年10月号）、10号（07年2月号）、12号（07年6月号）、15号（07年12月号）に掲載されたものを修正し、単行本化にあたり書き下ろしを加えたものです。

〈著者紹介〉
小路幸也　1961年北海道生まれ。2003年「空を見上げる古い歌を口ずさむ　pulp-town fiction」で第29回講談社メフィスト賞を受賞しデビュー。『HEART BEAT』『東京バンドワゴン』などで大きな注目を集め、ミステリ、青春小説、家族小説で幅広い層から共感を得る。近著に『スタンド・バイ・ミー　東京バンドワゴン』『モーニング　Mourning』などがある。

GENTOSHA

21　twenty one
2008年6月25日　第1刷発行

著　者　小路幸也
発行者　見城 徹

発行所　株式会社 幻冬舎
〒151-0051 東京都渋谷区千駄ヶ谷4-9-7

電話:03(5411)6211(編集)
03(5411)6222(営業)
振替:00120-8-767643
印刷・製本所:中央精版印刷株式会社

検印廃止

ISBN978-4-344-01529-6 C0093
幻冬舎ホームページアドレス　http://www.gentosha.co.jp/

この本に関するご意見・ご感想をメールでお寄せいただく場合は、comment@gentosha.co.jpまで。